热血丹心铸画魂

韩乐然绘画艺术展

PAINTS WITH PASSION AND PATRIOTISM　　Art show of Han Leran's Paintings

中国美术馆　关山月美术馆编　广西美术出版社

中國美術館

NAMOC

關山月美術館

GUAN SHANYUE ART MUSEUM

韩乐然像

1947年／油画／常书鸿

繪錦秀河山
傳人民友誼

題老友韓樂然畫展
楚圖南

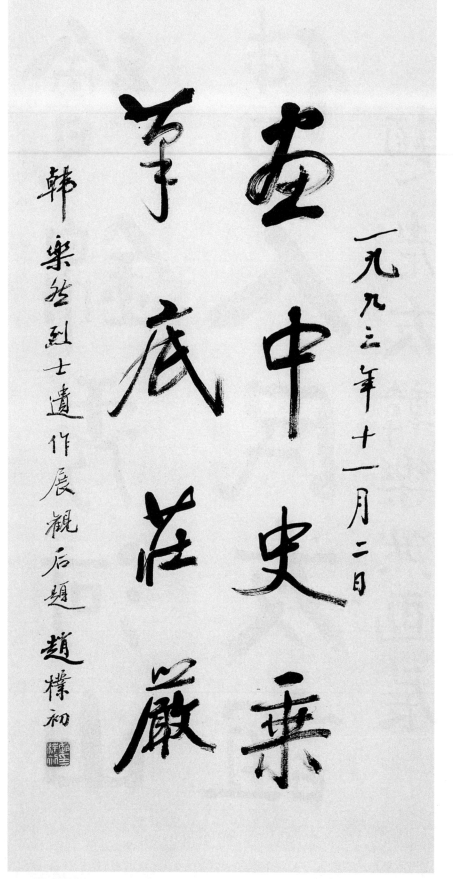

画中史乘

辛底莊嚴

一九九三年十一月二日

韩乐然烈士遗作展观后题 赵朴初

革命家浩气正气
艺术家光彩照人

贺韩乐然画展在澳门开幕

阎明复 二〇〇七年元月十日书于北京

题 词／阎明复

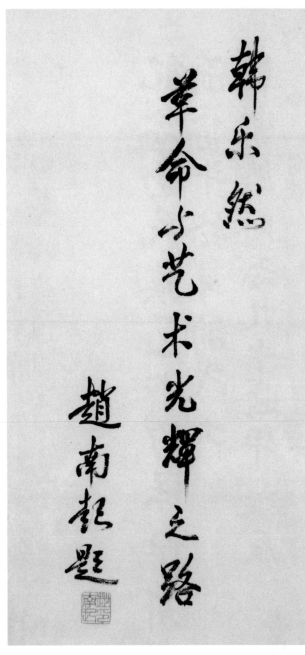

韩乐然
革命与艺术光辉之路

赵南起题

题 词／赵南起

紀念為民族艺術的保护研究
而奮斗終身的战士
韓樂然同志九十週年誕辰

常書鴻

題詞／常書鴻

韓樂然遺作展覽會 誌盛

革命的忠貞者
藝術的真誠者
兩者有机契合
品為臻至高境

二十年代，他与我是同学又是知己。他有这种信念：欲拯救朝鮮必须先参加中國革命，没辜他牺牲生是这样幹的。一九四七年七月飞机失事身亡。他随身带的资料和作品部毁。这里展供作品，仅是一部分，仅可追一思萬郵。

戊辰冬 八十老人 鲁少飞並誌

題詞／鲁少飞

他与毕加索一色一席比现（画面墨运现
实超视实派文艺科学二合为一加入笔
三国际社会活动家的战友

用活动一画。汗润点、线、雷、轮廓、
色与光、字与句的笔为、正反场动省
外古今一切的生动、创作风格的萝动者、透视中
他还是一位爱史学者反映陷害
的色韵；创作风格的萝动者、正反场动
在屏军／佛门湖中代反现军画已
青的远视画与人体雕影画
他姓韩、名乐然、亦如其时、
如其元、元如其地、亦如其时、
他是边吧。最爱边缘生活与
文化，在全州看过他的
曾以诗趣画云：旁首有灵浴乎
笔。身云山下忆西照
那平那用那出下午在他家中、
笔等他胜利归来...过情对景况
世藉慈

同年八月八日成
为一九八二年北
京画展题 [印：盛成]

空壇前輩，
革命烈士，
献身文物，
留芳萬古。

韩乐然同志为早期留法艺术家，亦是早期东北党的创建人之一，四十年代为考察新疆壁画，不幸罹难。今党地改九十诞辰，在京举办遺作画展，谨以为纪念，并书此以颂。

一九八八年十二月 潘絜兹

题 词／潘絜兹

是革命的好男兒，
是藝术的先驅者，
怀念九十一年前生巴黎结识的韩乐然同志

温朋久 一九八八年十月

题 词／温朋久

美哉斯画

永放光芒

不观非八十有一先生画展偶题

一九三一年十一月荣高棠

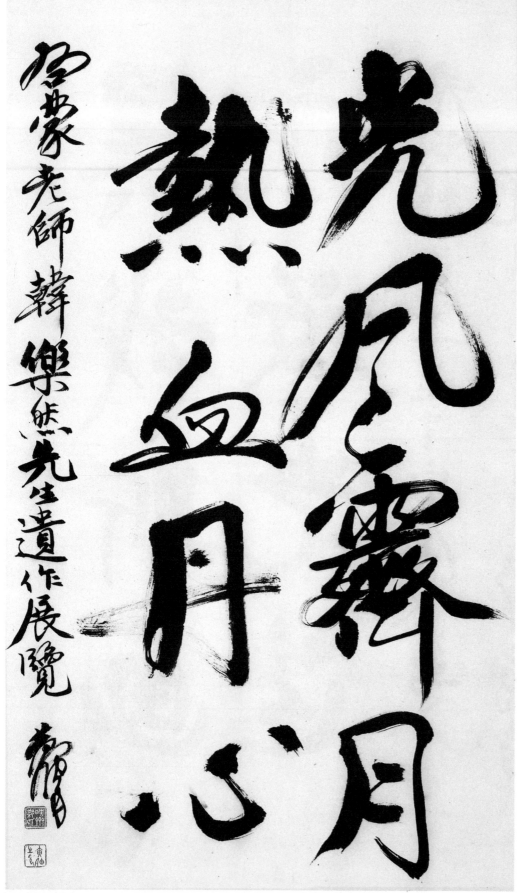

光风霁月
热血丹心

容豪老师 韩乐然先生遗作展览

题词／黄胄

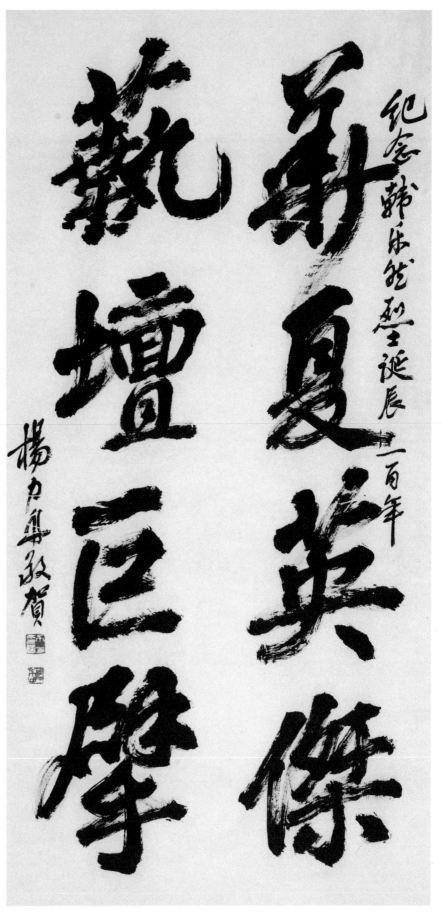

纪念韩乐然烈士诞辰一百年

新夏英杰
艺坛巨擘

杨力舟敬贺

前　言（Ⅰ）

对20世纪中国美术的再发现与再认识正在成为我国各大美术馆业务工作的重点，其动因是大家意识到不断加深对本土现代以来美术进程的梳理与研究，既有利于构建具有自身文化特色的中国现代美术发展系列，也有利于从历史反观当下，促进艺术的当代创作与学术认识。各个美术馆之间的相互交流、共享资源，为实现这个学术目标提供了积极的方式。蒙关山月美术馆精心组织，由中国美术馆和韩乐然先生亲属所藏的韩乐然作品汇合深圳，构成蔚为大观的韩乐然艺术世界，就是一次重要的20世纪中国美术名家先贤的再发现与再认识。

韩乐然，朝鲜族，1898年出生于吉林省延吉县龙井村。早年入上海美术专科学校学习，并立志把人生与艺术和社会进步紧密相连，由此展开了他革命的人生与艺术创造相结合的历程。1929年，韩乐然赴法国留学，后又到荷兰、比利时、英国、意大利等国写生，奠定了深厚的绘画基础。在中华民族处于危亡的时刻，韩乐然回到祖国，积极投身抗日救亡的宣传工作，多经磨难而矢志不渝，为民族解放事业作出了卓越的贡献。

作为一位艺术家，韩乐然在艺术上的杰出成就是独辟蹊径，发现和表达了中国西北的文化遗产和风土人情之美。从20世纪40年代开始，他辗转于西北各地，足迹遍布新疆、甘肃和青海，描绘当地风物，关注民众生活。在此期间，他两赴敦煌和新疆，首创以油画、水彩等西画方式临摹壁画，对两地石窟艺术进行了深入考察，特别在对克孜尔石窟艺术的研究上做了开创性的工作。这一时期是画家创作最集中、最丰富，也是最有成果的一段时期，留下了大量的作品。在这些作品中，一方面展现了中国传统艺术的独特魅力，使石窟艺术这一丰富的民族文化瑰宝得到社会的认识与传播；另一方面用艺术的手段描绘了边疆少数民族的风土人情，开拓出一种新的绘画主题，为画坛提示了新的绘画方向。1947年，正当韩乐然怀着挽救和发扬民族艺术的赤子心,准备以更大的精力投入到考古和艺术事业中时,却不幸在由乌鲁木齐飞往兰州的途中遭遇空难,英年早逝。

　　回顾韩乐然的绘画道路,可以感受到这位亲历20世纪前半叶中国社会动荡与战争岁月的艺术家对国家和民族的深深热爱和发自内心的使命感、责任感。通过穿越烽火年代幸存下来的大量作品,我们得以感受韩乐然对艺术的执著探索,更可以看到在中西艺术碰撞的条件下画家迸发的创造火花和对生活的感情。他临摹的洞窟壁画传达了中国古典艺术的神韵和情采;他描绘的风景和建筑透溢出西部景象蕴含的文化气象和素朴生动的气息;他还是西北各民族劳动人民的知音,以简洁的艺术语言描绘出各民族生活的画卷,从耕种、取水到赛马、舞蹈,作品为生活放歌,寄寓对人生的同情,透出浓厚的人文情怀。可以说,韩乐然绘画中体现出来的历史意识和现实主义精神代表着20世纪上半叶进步的艺术潮流,对后来的中国艺术产生了深远的影响,直至当代,我们仍能从精神、观念和语言等不同层面受惠于斯。

　　蒙韩乐然亲属的慷慨捐赠,中国美术馆得以收藏和保存了韩乐然创作的大量代表性作品,对于这样一位艺术家,我们一方面致以深深的怀念,另一方面总有意愿使他的艺术得到更广泛的传播和更深入的研究。这次展览,便是中国美术馆与关山月美术馆及韩乐然亲属通力合作的成果,这本画集也成为韩乐然艺术研究最充分的文献。希望今天的人们通过欣赏韩乐然的作品认识他的人生和他的艺术,领悟他真诚的艺术信念和永远散发着时代光彩的艺术魅力。

中国美术馆馆长　范迪安

PREFACE（Ⅰ）

The rediscovery and recognition of the Chinese fine arts of the 20th century have been given the priority by all large art museums and art galleries throughout the country and the strong motive lies in that it is generally realized that the continuous and profound streamlining and research of the localized art process of the modern times are not only beneficial to the creation of the development initiatives of the modern Chinese fine arts with its own cultural features but also to the promotion of the creation and the academic insight of the contemporary art against the background of the historical perspective. All art museums and art galleries strengthen their mutual exchange and share the resources and provide the positive methods for the realization of this academic target. It is highly appreciated that Guan Shanyue Art Museum elaborately organizes the exhibition featuring Han Leran's art works treasured and collected by National Art Museum of China and his own family and relatives, which constitutes a magnificent world of Han Leran's art works and also represents a vital rediscovery and recognition of well-reputed figures and worthies in the Chinese fine art circle of the 20th century.

Han Leran is a great painter of Korean Nationality, born in Longjing Village, Yanji County, Jilin Province in 1898. He pursued his assiduous study of art at Shanghai School of Fine Arts in his early years and aspired to closely combine his own life with the social progress, thus initiating the course of the combination of his revolutionary life with the art creation. In 1929 he went to France to seek his academic achievements and later came to Holland, Belgium, England and Italy for the sketches from the nature, which has laid a profound foundation for later art creation. At the crucial moment of the national crisis Han Leran resolutely and steadfastly returned to his motherland and devoted himself to the propaganda work of the resistance to the Japanese invasion. He defiantly persisted in his ambition in despite of so many trials and tribulations, and made outstanding contributions to the national liberation.

As an artist, Han Leran accomplished the excellent achievements by exploring for a unique approach in art creation and discovered and expressed beauty of the cultural heritage and the local conditions and customs of Northwest China. Starting from 1940s he took great pains to travel far and wide in Northwest China, leaving his footmarks in every corner of Xinjiang, Gansu and Qinghai to depict and record the local natural scenery and the local people and pay attention to the common people's life. During that period of time, he came all the way to Dunhuang and Xinjiang twice, launched a series of painting modeled upon the frescos in manner of the west-styled oil painting and watercolor paintings and besides he delved into the art of the grottos in the two places, particularly making the groundbreaking research of the art of Kizil Grotto. These art works, on the one hand, exhibit the unique charm of the traditional Chinese art bringing the profound national cultural treasures of the grotto art into the recognition and prevalence in our society, and on the other hand, depict the local conditions and customs of the ethnic group in the frontier and explore for a new painting theme, orienting the painting circle towards a fresh painting aspiration. In 1947 Han Leran was cherishing a devoted heart to save and carry forward the national arts and was well prepared to devote more energy to doing archeology and the art undertakings when he was unfortunate in getting killed in an air crash at the prime of his life on his route to Lanzhou from Urumchi.

In retrospect, taking Han Leranís art aspiration course into perspective, we can sense that the artist who underwent the social turbulences and the bitter war years in the first half of the 20th century and showed deep love for his own country and the Chinese nation and his heart-felt sense of mission and the sense of responsibility. The large collection of this art works surviving the continuous wars brings us home to Mr. Han Leranís persistent exploration for the art and more to his art creative spark sparkled against vibrant collision of the Chinese and the western arts and his strong feelings towards life. His paintings modeled upon the grottos convey the romantic charm and sentiments of the ancient Chinese arts; his scenery and building description is highly imbued with the cultural atmosphere and the simple life flavor of the western natural scenery; he was also a bosom friend to the laboring people of all ethnic groups in Northwest China and he painted a large number of painting scrolls featuring the life of all ethnic groups by means of the simple art language from crop cultivation, drawing water from wells to horse races and dances, and his paintings reflect the life profiles of the local people and his strong compassion for life and are also impregnated with the profound humanistic emotion. So to speak, the historical consciousness and the realistic spirit embodied in Han Leranís art works represent the progressive art stream of the first half of the 20th century, which will exert a profound influence on Chinese arts in the later periods, so thus far we can still benefit considerably from his art works from the spiritual, conceptual and linguistic perspective.

The generous donation of Han Leranís art works by his family and relatives adds luster to the collection and reservation of the large number of Han Leranís representative works by National Art Museum of China. On one hand, we deeply cherish the memory of this great artist and on the other hand, we intend to extensively promulgate his art works and make even more profound study of art value of his art works. This exhibition shows the outstanding results of the joint efforts made by National Art Museum of China, Guan Shanyue Art Museum and Mr. Han Leranís family and relatives and this painting album also represents the most substantial collection of Han Leranís art research. It is highly hoped that todayís people can know more about his life and his art while appreciating his paintings and perceive his sincere art beliefs and the art charm permanently radiating the brilliance and magnificence of the times.

Curator of National Art Museum of China

Fan Diían

前 言（Ⅱ）

　　韩乐然是朝鲜族画家、考古学家、革命烈士。在急剧变革的 20 世纪上半叶，他那富于传奇色彩的一生同时经历了中国美术发展的历史转折和民族独立与解放运动的历史进程。艺术方面，在新文化运动的背景下，韩乐然走上了学习西画的道路。他就读于上海美术专科学校，20 年代末赴欧洲留学长达 8 年；他是 20 世纪 40 年代到甘肃敦煌朝圣的画家之一，是发现并研究克孜尔石窟的第一人；他将民主思想和人文情怀融入自己的艺术中，关注社会底层人民的生活，是我国现代风俗画的开创者之一。在革命道路上，他早年在家乡参加反日民族独立斗争，是中国美术界第一位朝鲜族共产党员，留学期间是国际反法西斯运动的战士；抗战时期回国，他以艺术家的身份在国民党高级将领中做统战工作，为抗战的胜利和大西北的解放作出了卓越的贡献。无论对于研究 20 世纪中国美术史，还是中国革命史而言，韩乐然都是一位值得关注的人物，他在仅仅 50 年的生命历程中，走遍了中华大地，更跨越欧亚大陆，为后人留下了丰厚的艺术遗产与考古成果，也留下了难以量化的革命精神与艺术情操。

　　由于历史的原因，韩乐然的艺术成就和他在中国美术史上的地位尚有待进一步评价与定位；其目前存世的作品仅有 200 余幅，分别由中国美术馆和其家属收藏。20 世纪中国美术研究是我馆重要的学术方向之一，今天，我们与中国美术馆联合举办"热血丹心铸画魂——韩乐然绘画艺术展"，希望为全国学术界研究韩乐然及相关课题提供一个新的契机。鲁迅美术学院李光军先生、中国美术馆刘曦林先生已对韩乐然的生平及艺术特色进行了卓有成果的研究与整理，为我们构建了良好的基础，在此基础上，对这一课题进行更深入地研究与发掘，必将丰富和完善 20 世纪中国美术研究的成果，尤其是对 20 世纪上半叶西方艺术与东方艺术的交流与融合的历史脉络，提供更加丰富、生动的史料佐证。

　　2007 年是韩乐然同志牺牲 60 周年纪念，我们在此缅怀这位革命先烈、艺术前辈，也会在超越美术的意义之外，获得宝贵的精神启示！

　　感谢韩乐然之女韩健立女士、之子韩健行先生！

关山月美术馆馆长　王小明

PREFACE （Ⅱ）

Mr. Han Leran is a great painter of Korean Nationality, an archaeologist and a revolutionary martyr. In the first half of the drastically changing 20th century, his legendary and colorful life witnessed the historical transformation of the Chinese art development and the historical process of the national independence and liberation movement. In the artistic respect and against the backdrop of China's new cultural movement, Han Leran blazed a pioneering path to learn the western style painting. He pursued his assiduous study of art at Shanghai School of Fine Arts and in the late 1920s he went all the way to Europe to seek his overseas academic achievements for eight long years.In 1940s, he made his pilgrimage to Dunhuang, Gansu Province as the first artist to discover and study Kizil Grotto. He zealously integrated the democratic thinking and humanistic emotions into his own art creation, representing one of the pathfinders in the Chinese modern folk paintings. While merging himself into the revolutionary drive, he positively participated in the Anti Japanese Struggle for the National Independence in early years. He was the first Korean Communist Party Member in the Chinese art circle and during the year when he stayed in Europe for his academic attainments, he was a fighter of the International Anti-Fascist Movement; he came back to his motherland during the War of Resistance against Japan and he took the initiative to embark on the united front work among the senior generals of the KMT (The Nationalist Party) in the capacity of an artist and made outstanding contribution to the Anti-Japanese War Victory and the liberation of Northwest China. In view of either the study of the 20th century Chinese art history or the Chinese revolutionary history, Han Leran is a heavyweight figure worthy of our attention and reverence. In his life course of only 50 years, he traveled far and wide in China and also traveled all the way to the Eurasian continent, leaving behind the profound artistic heritage, the archaeological achievements, the immeasurable revolutionary spirit and the artistic temperament to the later generations.

Due to the historical reasons, Han Leranís artistic achievements and his position in the Chinese art history remain to be further appraised and categorized; At present there are 200-odd pieces of his existing paintings, respectively collected by China National Museum of Fine Arts and his relatives. In the 20th century, the research of Chinese arts was one of the most important academic orientations for our Museum, Today, we work together with National Art Museum of China to co-sponsor Mr. Han Leranís Painting Art Exhibition---îPatriotic fervor Creates a Master with Unsurpassed Elegance and Intellectual Brillianceî, which is hopefully to provide a new opportunity for the national academic circle to delve into Han Leran and the corresponding topics. Mr. Li Guangjun from Luxun Academy of Fine Arts and Mr. Liu Xilin from National Art Museum of China have made the concerted efforts to delve into and collate Han Leranís life and artistic features, providing us the profound foundation, on which basis the in-depth research and exploration of the academic subject can be conducted. So it is bound to enrich and perfect the research achievements of Chinese Arts in the 20th century, particularly providing the profound and animated historical evidence to trace back to the historical course featuring the communication and association between the western art and the oriental art in the first half of the 20th century.

The year 2007 is the 60th anniversary of Comrade Han Leranís sacrifice and we hereby take this opportunity to deeply cherish the memory of this revolutionary martyr and art predecessor. Besides we can also draw a precious and spiritual inspiration which has already transcended the significance of the pure art.

Our heart-felt gratitude is extended to Mr. Han Leranís daughter and son, Ms.Han Jianli and Mr. Han Jianxing.

Curator of Guan Shanyue Art Museum

Wang Xiaoming

目 录

论文

血染丹青路——韩乐然的艺术里程与艺术特色

／刘曦林　28

民族解放运动的先驱者和人民画家——韩乐然

／崔龙水　38

纪念被遗忘的伟大艺术家

　　——韩乐然先生逝世六十周年

／李光军　49

探寻中国传统艺术之根

　　——韩乐然对克孜尔壁画的临摹与研究

／赵声良　55

我的父亲韩乐然

／韩健立　61

韩乐然研究现状

／裴建国　75

韩乐然绘画语言及相关问题

／陈俊宇　81

壁画临摹类

摹绘二菩萨像／克孜尔80窟　88

摹绘听道图(乞食)／敦煌257窟　89

摹绘落发／敦煌257窟　89

摹绘成佛图／敦煌257窟　90

摹绘天花板上的三佛像图／克孜尔67窟　90

摹绘佛奘飞天图／克孜尔63窟　91

摹绘群兽听道图／克孜尔63窟　91

骑象佛与猴子献果图／克孜尔38窟　92

摹绘佛像图／克孜尔　93

摹绘佛像图（千佛）／克孜尔壁画摹写　93

摹绘佛像图(树下观耕)／克孜尔227窟　94

佛与持灯者(说法)／克孜尔　95

沉思的佛像／克孜尔　96

摹绘佛像图(坐佛)／克孜尔　97

摹绘宇宙图（象征日月星辰风火智慧善恶）／克孜尔38窟　98

摹绘太阳神图(之一)／克孜尔　99

摹绘太阳神图(之二)／克孜尔　100

摹绘佛奘乐伎图／克孜尔118窟　101

摹绘菩萨立像图／克孜尔　102

摹绘悲伤的白衣信徒／克孜尔　103

摹绘献果飞天(之一)／克孜尔　104

摹绘献果飞天(之二)／克孜尔　104

摹绘献果飞天(之三)／克孜尔　105

摹绘伎乐飞天／克孜尔　105

摹绘隋代飞天／敦煌莫高窟86窟　106

摹绘宋飞天(之一)／敦煌莫高窟98窟　106

摹绘宋飞天(之二)／敦煌莫高窟98窟　107

摹绘唐飞天(之一)／敦煌莫高窟126窟　107

摹绘唐飞天(之二)／敦煌莫高窟126窟　108

摹绘唐飞天(之三)／敦煌莫高窟126窟　109

摹绘唐飞天(之四)／敦煌莫高窟126窟　109

摹绘魏飞天／敦煌莫高窟249窟　110

摹绘供养人／敦煌　110

摹绘魏飞天／敦煌莫高窟216窟　111

摹绘雷神／敦煌莫高窟85窟　112

弦乐飞天／克孜尔15窟　113

风俗画、风景画类

毯市　116

牧场　117

拉卜楞寺前歌舞　117

赛马之前　118

赛马　119

拉卜楞寺全景　120

向着光明前进的藏民　120

舞蹈　121

青海塔尔寺庙会　121

塔尔寺前朝拜　122

哈萨克妇女捻毛　122

山丹学生看显微镜　123

渡河　123

途中做礼拜　124

老夫少妻　124

货郎图　125

塔尔寺　125

库车妇女卖鲜果酸奶　126

南疆习俗——浪园子　127

喇嘛庙一角　128

喇嘛庙　128

候夫晚餐 129
古烽台 129
哈萨克妇女捣米 130
浣衣 130
取草 131
拉卜楞街市 131
女木工 132
负水 132
山麓消夏 133
草原上的生活 133
流沙掩埋的故城 134
修筑天兰铁路(之一) 134
修筑天兰铁路(之二) 135
修筑天兰铁路(之三) 135
修筑宝天铁路(之一) 136
修筑宝天铁路(之二) 136
修筑宝天铁路(之三) 137
兰州黄河大水车 137
兰州城外纺牛毛 138
兰州兴隆山握桥 139
兰州黄河桥头瓜市 140
砖瓦窟秋景 140
耕田 141
河西走廊耕地 141
河西走廊农家 142
河西走廊水磨 142
河西走廊挖地 143
纺羊毛 144
洞内外眺之一 144
洞内外眺之二 145
洞内外眺之三 146
出售奶酪鲜果 146
库车钳工 147
高昌古城遗址(之一) 147
高昌古城遗址(之二) 148
高昌古国废墟 148
吐鲁番一条街 149
吐鲁番的村庄 149
风干葡萄的建筑 150
哈密街市 150
哈密王坟 151
沙漠途中休息 151
种马场 152
开都河上取水 152
宁静的寺院 153
清真寺 153

维族人烤馕 154
维族用餐 154
维族人的住宅 155
哈萨克帐篷 155
织马搭子 156
把水引到田里 156
燻皮子 157
汲水 157
和硕名马 158
蒙古包的炊烟 158
水磨 159
晒粮食 159
南疆著名乐师 160
撕羊毛 160
铁匠 161
香妃墓 161
香妃墓门(香妃墓旁的礼拜寺) 162
考古发掘 163
迪化郊外看博格达峰 163
迪化郊外名胜红山嘴 164
雨中天池(之一) 165
雨中天池(之二) 165
雾中天池 166
静静的天池 166
天池山影 167
天池全景 167
天池一角 168
兰州黄河卖水者 168
大海 169
巴黎市郊外收麦子 169
收割水稻 170
兰州的瓜市 170
蒙古包 171
嘉峪关 171
酒泉城外菜市场 172
宝鸡公路桥 172
克孜尔全景 173
殷切的款待 173
敦煌莫高窟 174
敦煌莫高窟外景 175
房东老夫妇 176
两个维族姑娘河边汲水 176
清真寺 177
静静的天池(之一) 177
静静的天池(之二) 178
静静的天池(之三) 178

静静的天池(之四) 179
静静的天池(之五) 179
静静的天池(之六) 180
静静的天池(之七) 180
草原上的生活 181
乌鲁木齐市郊外红山嘴 181
钉马掌 182
待雇的木匠 183
一对情人在古寺庙前 184
庙会上的歌唱 184
做酥油 185
天山脚下歌舞 185
拉卜楞寺庙 186
山洞泉水映外景 187
新疆女子独舞 188
蒙古妇女 189
学生像 190
蒙古老人 191
回教阿訇图 192
维族女校长 193
维族女像 194
维族学者 195
藏族女人胸像 196
藏族男人头像 197
蒙古人坐像 198
蒙古人像 199
哈萨克女人像 200
哈萨克老人像 201
哈萨克女子像 202
戴小帽的哈萨克 203
戴皮帽的哈萨克人 204
拉纤夫之一 205
拉纤夫之二 205
拉纤夫之三 206
拉纤夫之四 206
拉纤夫之五 207
拉纤夫之六 207
撑船夫之一 208
撑船夫之二 208
三人骑马行 209
欢乐的跳舞者 209
赛马前夕 210
赛 马之一 210
赛 马之二 211
赛 马之三 211
看赛马 212

马会一景 212
三匹奔马 213
牵马老人 213
养马人 214
一马二人头像 214
四个学生头像 215
年轻人头像侧面 215
一群骑马人 216
坐板凳休息 216
骑马勇士 217
一对骑马情人 217
骑马观景 218
寺庙前练马 218
寺庙前赛马 219
五人骑马行 219
四个人头像 220
骑骆驼 220
两个人头像 221

其他类

自画像 224
巴黎凯旋门前自画像 225
在西安国民党党部关押时自画像 226
夫人刘玉霞画像 227
红辣椒与向日葵之一 228
红辣椒与向日葵之二 229

年 表

韩乐然年表 230

CONTENTS

PAPERS

A Painting Career of Blood Dyed:
The Artistic Course and Features of Han Leíran
/ Liu Xilin   28

Han Leíran: Peopleís Artist and Pioneer of
National Liberation Movement / Cui Longshui   38

Commemorate the Forgotten Great Artist: The 60th
Anniversary of Han Leíranís Heroic Death / Li Guangjun   49

Pursue the Root of Chinese Traditional Art: On Han
Leíranís Copying and Studying from Kizil Frescoes
/ Zhao Shengliang   55

My Father Han Leíran/ Han Jianli   61

Status Que of the Research about Han Leíran
/ Pei Jianguo   75

Painting Language and Related Problems of Han Leíran
/ Chen Junyu   81

COPIES OF WALL PAINTINGS

The Figure of Two Bodhisattvas
/Copy of Wall Painting in Cave 80 of Kizil Grottos   88

Attentively Listening to Sermon
/(Begging food)Copy of Wall Painting in Cave 257 of
Dunhuang Grottos   89

Sacredly shaved
/Copy of Wall Painting in Cave 257 of
Dunhuang Grottos   89

Buddhism Loyalty
/Copy of Wall Painting in Cave 257 of
Dunhuang Grottos   90

Figure of Three Buddhists
/Copy of Wall Painting in Cave 67 of Kizil Grottos   90

Great Buddha and Apsaras
/Copy of Wall Painting in Cave 63 of Kizil Grottos   91

A horde of beasts lending ear to the sermon
/Copy of Wall Painting in Cave 63 of Kizil Grottos   91

A Buddha riding an elephant and monkeys offering fruits
/Copyof Wall Painting in Cave 38 of Kizil Grottos   92

The Figure of Buddha
/Copy of Wall Painting in Kizil Grottos   93

The Figure of Buddha/A Painting imitating
the Thousand Buddhas Cave of Kizil   93

The Figure of Buddha
(Observing ploughing under the tree)
/Copy of Wall Painting in Cave 227 of Kizil Grottos   94

The Buddha and a monk holding a lamp
/Copy of Wall Painting in Kizil   95

The Figure of a Buddha lost in deep thought
/Copy ofWall Painting in Kizil   96

The Figure of Buddha
/Copy of Wall Painting in Kizil(Squatting Buddha)   97

The Universe
/Copy ofWall Painting in Cave 38 of Kizil Grottos   98

Surya (Part A)/Copy of Wall Painting in Kizil   99

Surya (Part B)/Copy of Wall Painting in Kizil   100

Heavenly musicians
/Copy of Wall Painting in Cave 118 of Kizil Grottos   101

Standing Figure of Bodhisattva
/Copy of Wall Painting in Kizil   102

Heart-broken disciple in White
/Copy of Wall Painting in Kizil   103

Apsaras Sacredly offering Fruits(Part A)
/Copy ofWall Painting in Kizil   104

Apsaras Sacredly offering Fruits(Part B)
/Copy of Wall Painting in Kizil   104

Apsaras Sacredly offering Fruits(Part C)
/Copy of Wall Painting in Kizil   105

Flying Musician/Copy of Wall Painting in Kizil   105

Apsaras of the Sui Dynasty
/Copy of Wall Painting in Cave 86 of
Dunhuang Mogao Grottoes   106

Apsaras of the Song Dynasty(Part A)
/Copy of Wall Painting Cave 98 of
Dunhuang Mogao Grottoes   106

Apsaras of the Song Dynasty(Part B)
/Copy of Wall Painting in Cave 98 of
Dunhuang Mogao Grottoes   107

Apsaras of the Tang Dynasty(Part A)
/Copy of Wall Painting in Cave 126 of
Dunhuang Mogao Grottoes   107

Apsaras of the Tang Dynasty(Part B)
/Copy of Wall Painting in Cave 126 of
Dunhuang Mogao Grottoes   108

Apsaras of the Tang Dynasty(Part C)
/Copy of Wall Painting in Cave 126 of
Dunhuang Mogao Grottoes   109

Apsaras of the Tang Dynasty(Part D)
/Copy of Wall Painting in Cave 126 of
Dunhuang Mogao Grottoes   109

Apsaras of the Wei Dynasty
/Copy of Wall Painting in Cave 249 of
Dunhuang Mogao Grottoes   110

Donor Portrait /Copy of Wall Painting in Dunhuang 110

Apsaras of the Wei Dynasty /Copy of Wall Painting in Cave 216 of Dunhuang Mogao Grottoes 111

God of Thunder /Copy of Wall Painting in Cave 85 of Dunhuang Mogao Grottoes 112

Flying Apsaras merrily bathed in Tibetan Buddhist music /Copy of Wall Painting in Cave 15 of Kizil Grottoes 113

FOLK PAINTING & LANDSCOPE PAINTING

Blanket Market 116

Pasture Field 117

Singing and Dancing in front of Labrang Lamasery 117

Before Horse Racing 118

Horse Racing 119

The Panorama of Labrang Lamasery 120

Tibetans Forging ahead towards the Brightness 120

Dancing 121

Temple Fair at Taíer Temple in Qinghai 121

Pilgrimage in front of Taíer Temple 122

Kazak Women are Twisting Wool 122

Students at Shandan are looking into the microscope 123

Crossing the River 123

Worshipping in Route 124

An old man with a young wife 124

Street Vendor 125

Taíer Temple 125

A Kuche Woman selling yoghourt 126

South Xinjiang Folk Customs ----Pleasure-seeking in the orchard 127

A Corner of Lamasery 128

Lamasery 128

Dinner of the Vassal 129

Ancient Beacon Tower 129

The Kazak Woman is pounding rice 130

Washing Clothes 130

Collecting Grass 131

Marketplace of Labrang 131

Women Carpenters 132

Fetching Water 132

Escaping the summer heat at the foot of the mountain 133

Life on the Grassland 133

Old City buried in the quicksand 134

Building Tianshui-Lanzhou Railway(Part A) 134

Building Tianshui-Lanzhou Railway(Part B) 135

Building Tianshui-Lanzhou Railway(Part C) 135

Building Baoji-Tianshui Railway(Part A) 136

Building Baoji-Tianshui Railway(Part B) 136

Building Baoji-Tianshui Railway(Part C) 137

Big Water Wheel on the Yellow River in Lanzhou 137

Weaving cow-hair into fabric in the suburbs of Lanzhou 138

The construction of the Rainbow-shaped Bridge of Xinglong Mountain in Lanzhou 139

A melon market by a Yellow River bridge in Lanzhou 140

Autumn Scene of the Brick & Tile Cave 140

Ploughing 141

Farming on Hexi Corridor 141

A Farmer Home on Hexi Corridor 142

Water Mill on Hexi Corridor 142

Digging the farmland on Hexi Corridor 143

Weaving wool into fabric 144

A fine distant view surveyed from the cave(Part A) 144

A fine distant view surveyed from the cave(Part B) 145

A fine distant view surveyed from the cave(Part C) 146

Selling Cheese and Fresh Fruits 146

A locksmith in Keche 147

Relics of Ancient Gaochang City (Part A) 147

Relics of Ancient Gaochang City (Part B) 148

Ancient Gaochang State lying in ruins 148

Ancient Gaochang State lying in ruins 149

A Small Village in Turpan 149

A construction used to dry grapes 150

A street in Turpan 150

Tomb of a tribal King in Hami 151

A Cozy Break in route in the Sands	151	Dunhuang Mogao Grottoes	174
Stud Farm	152	The exterior scene of Dunhuang Mogao Grottoes	175
Fetching water from kaidu River	152	The old landlord and his landlady	176
The Peaceful Monastery	153	Two Uigur ladies are drawing water by the river bank	176
Mosque	153	Mosque	177
Uigurs are baking pancakes	154	Peaceful Tianchi Lake(Part A)	177
Uigurs are taking meal	154	Peaceful Tianchi Lake(Part B)	178
Residence of Uigurs	155	Peaceful Tianchi Lake(Part C)	178
Kazak-styled tent	155	Peaceful Tianchi Lake(Part D)	179
Knitting the saddle mat	156	Peaceful Tianchi Lake(Part E)	179
Diverting water into the farmland	156	Peaceful Tianchi Lake(Part F)	180
Fumigating animal skins	157	Peaceful Tianchi Lake(Part G)	180
Drawing water	157	Life on the grassland	181
Famous horses in Hoxut	158	Hongshanzui in the suburbs of Urumchi	181
Cooking smoke floating aloft from the Mongolian yurt	158	Shoeing the horse	182
Water Mill	159	A carpenter waiting to be hired	183
Basking Grains	159	A pair of lovers standing in front of the ancient temple	184
Famous musicians of Nanjiang	160	Singing songs at the temple fair	184
Tearing wool	160	making ghee	185
Blacksmith	161	Merrily singing and dancing at the foot of Tianshan Mount	185
Tomb of Fragrant Imperial Concubine	161	Labrang Lamasery	186
The coffin chamber door of Tomb of Fragrant Imperial Concubine	162	A scene with the Mountain cave brightly contrasting with the spring water	187
Archaeological Discovery	163	A Solo Dance by a Xinjiang Lady	188
Bogda Peak viewed from the suburbs of Dihua	163	A Mongolian Woman	189
Hongshanzui in the suburbs of Dihua	164	Student Image	190
Tianchi Lake in the Rain(part A)	165	A Mongolian Old Man	191
Tianchi Lake in the Rain(part B)	165	An Islamic imam	192
Tianchi Lake in the heavy mist	166	A Uigur Headmistress	193
Tranquil Tianchi Lake	166	The portrait of a Uigur woman	194
Mountain Shadow reflected in Tianchi Lake	167	A Uigur Scholar	195
The panorama of Tianchi Lake	167	The bust of a Tibetan woman	196
A Scene of Tianchi Lake	168	The head portrait of a Tibetan man	197
Water seller by the bank of the Yellow River in Lanzhou	168	The sitting statue of a Mongolian	198
Big Sea	169	The portrait of a Mongolian	199
Getting in wheat in the suburbs of Paris	169	A Portrait of a Kazak woman	200
Getting in the paddy rice	170	A Portrait of an old Kazak man	201
Melon Market in Lanzhou	170	A Portrait of a Kazak woman	202
Mongolian Yurt	171	A Kazak man wearing a small hat	203
Jiayuguan Pass	171	A Kazak man wearing a fur cap	204
A Vegetables marketplace in the suburbs of Jiuquan	172	Boat trackers(Part A)	205
Baoji Highway Bridge	172	Boat trackers(Part B)	205
The panorama of Kizil	173	Boat trackers(Part C)	206
The gracious reception	173		

Boat trackers(Part D)   206

Boat trackers(Part E)   207

Boat trackers(Part F)   207

The Punter(Part A)   208

The Punter(Part B)   208

Three horse riders travel along   209

Joyous Dancers   209

Before horse racing   210

Horse Racing (Part A)   210

Horse Racing (Part B)   211

Horse Racing (Part C)   211

Watching the horse racing   212

A Scene of the horse racing   212

Three galloping horses   213

An old man walking a horse   213

A Herdsman   214

The head portrait of one horse and two men   214

The head portrait of four pupils   215

A head Profile of a young man   215

A group of horse riders   216

Sitting on the wooden stool for a short break   216

A brave man riding a galloping horse   217

A pair of sweethearts riding the same horse   217

Riding a horse and enjoying beautiful scenes   218

Practicing horse riding in front of the temple   218

Horse racing in front of the temple   219

Five horse riders travel along   219

The head portrait of four men   220

Riding the camel   220

The head portrait of two men   221

THE OTHERS

Self-portrait   224

Self-portrait in front of Triumphal Arch, Paris   225

The Self-portrait featuring the artistís life in the
prison of the Party Headquarters of
Kuomingtang in Xian   226

The portrait of Liu Yuxia, wife of Mr. Han Leran   227

Red Pepper and Sunflower (Part A)   228

Red Pepper and Sunflower (Part B)   229

CHRONOLOGY

Chronology of Han Leran   230

血染丹青路

——韩乐然的艺术里程与艺术特色

刘曦林

20世纪20年代龙井街道

1919年3月13日在延边龙井爆发的反日"三一三"运动

中国朝鲜族画家、考古学家、革命烈士韩乐然（1898—1947年）在世仅50年，却走遍了中华大地，更跨越了欧亚大陆，留下了丰厚的艺术遗产与考古成果，也留下了难以量化的革命与艺术精神。他作为20世纪上半叶贴近人生的油画家，作为中国发现并研究克孜尔石窟的第一人，作为中国美术界第一位朝鲜族共产党员，作为中朝（韩）和世界反法西斯的战士，其传奇般的经历引起了美术史家的格外重视，在中外文化交流史和世界革命史册上也是永垂青史的人物。这一特殊的个案会丰富我们对中国现代美术史的认识，也会超越美术的更广阔的空间，给后人以精神上的启示。

一、韩乐然的生命旅程[1]

韩乐然烈士的人生旅程即革命旅程、艺术旅程。1898年至1929年，30岁之前，为其早期艺术与革命阶段；1929年至1937年的8年，为其留学巴黎艺术深造和在欧洲从事国际反法西斯斗争阶段；1937至1943年为其辗转中南、西南、华北、西北从事抗日宣传和抗日斗争阶段；1943年至1947年，为其西北考古、旅行写生和从事统一战线工作的阶段，是其艺术上最后也是最重要的一段里程。

（一）早期艺术与革命活动

1898年12月8日（清光绪二十四年农历戊戌年十月二十五日），韩乐然出生于地处中、苏、朝交界处吉林省龙井村（今龙井市）贫苦的朝鲜族农民家庭，原名光宇，曾用名素功，字乐然。自幼说朝语、汉语，后学日语、俄语及欧洲各国语言。性喜绘画、读书。高小毕业后辍学，先后以电话局接线员、海关职员为业。在海关得读外国书报，广见闻，获新知。

1919年3月，于延边参加游行，声援汉城反日民族独立大会，复去前苏联海参崴，寻求革命真理。1920年去上海，考入上海美术专科学校，日读夜工，习水彩、油画，识漫画家鲁少飞，此间组织青年画会，举办第一次个展。1923年以优异的成绩毕业，同年参加了中国共产党。

1924年，受党中央委派返东北作建党准备；赴奉天（沈阳）举办油画展，创办奉天美术专科学校，任校长，为推广美育，播撒艺术之种尽心竭力；心系民族命运，曾言："画画不能忘记打倒日本！"

1925年，在沈阳参与创建中共党支部，继去海参崴、哈尔滨；1926年，去汉城、元山、清津，返龙井；1929年在齐齐哈尔。

这是韩乐然往来于东北与上海之间，在中国和朝鲜半岛从事艺术革命工作的阶段，一位身着西装的现代青年，富有敏感的艺术精神和社会革命精神，为中朝两国革命作出了贡献，作为东北第一位上海美专毕业生，在东北创立了第一所私立美专，为美育作出了贡献。艺术与革命就这样同时成了青年韩乐然的双重需要，甚而由此决定了他一生的道路。

（二）旅法八年

1929年秋，韩乐然由齐齐哈尔经上海赴法国，改名素功，以"卖房子"（画漂亮住宅送主人换钱）勤工俭学。1931年，考入法国国立巴黎卢佛尔艺术学院[2]。在学期间，举办"中国画家韩乐然写生作品展览"，颇富胆识和中国人的尊严。此间，参加法共组织的反法西斯斗争。曾去荷兰、瑞士、比利时、捷克、波兰、英国、意大利、前苏联、西班牙等国写生作画兼从事国际宣传和调查研究；曾参加国际进步力量支持的西班牙保卫共和国革命战争。在"全欧华侨联合会"侨务部工作，动员华侨捐款抗日。杨虎城将军访华时，以《巴黎晚报》记者身份采访，宣传其抗日事迹，1937年10月与杨虎城同船离法，经香港回国。

韩乐然留法8年，既亲接正宗西洋绘画，使艺术为之升华，又成为国际反法西斯战士，这是个艺术上广扩眼界和革命事业广扩战场的阶段，惜此段经历不详，在艺术上师从何人、崇尚何派均待考证。可以肯定的是，他在欧洲增长了文物与博物馆见识，提高了油画与水彩的技巧，展示了一个中国人从事西画的才能，远在异乡而心系祖国，他那颗炽热的心脏始终燃烧着。

（三）烽火岁月

1937年，韩乐然自法国返回，此后几年，在烽火岁月里东奔西走，其路线是武汉—延安—重庆—西安—洛阳—山西垣曲、沁水、阳城、陵川—重庆—晋东南—西安—宝鸡—西安。此间，他被委派至刘澜波负责的东北救亡总会工作，为"东总"机关刊物《反攻》撰稿，绘制封面；曾画巨幅油画《全民抗战》悬挂于武汉黄鹤楼，与路易·艾黎、史沫特莱交流抗战新闻；到延安访问，受到了毛泽东的接见，又被委托任为李济深领导的战地党政委员会少将指导员，在晋东南国共两军驻地从事抗日统一战线联络工作；以记者的身份在黄河以北调查民情、战况；在八路军前线总部向彭德怀报告国民党反共信息；代国民党93军参谋长转告投奔八路军意愿，准备由宝鸡回重庆时被国民党宪兵队逮捕，被押解西安后在狱中坚持斗争，苦度三年铁窗生涯，直至1943年初被营救假释出狱。

这是一段以战地报道和绘画、摄影为武器，在八路军与国民党抗战将领之间穿梭，在烽火前线致力于抗日统一战线联络的艰苦斗争岁月，在他的人格和艺术上辉映着血染的风采。

（四）西北写生与考古

韩乐然被假释出狱后，并无行动自由，在艺术上也被干预不

在巴黎晚报工作照

克孜尔洞窟题记

准画劳苦大众，只好带学生黄胄由华山写生起恢复艺术生活。自1943年至1947年，在他生命的最后五年里，他没有离开过西北大地，其行踪是：西安—华山—西安—兰州—青海—敦煌—酒泉—新疆迪化（今乌鲁木齐）—吐鲁番—哈密—迪化—库车—拜城—疏附（今喀什）—疏勒—焉耆—库尔勒—迪化—敦煌—兰州—迪化—库车—拜城—迪化—兰州。

在此期间，韩乐然两赴敦煌，两赴新疆，临摹敦煌壁画，于古高昌国遗址考古，细致考察研究拜城克孜尔佛洞遗迹；于甘肃、青海、新疆作油画、水彩写生；以艺术家身份做统一战线工作，联系国民党河西警备区总司令陶峙岳等，为和平解放新疆作准备。他曾有新疆考古五年计划，建立西北博物馆之设想，但他没有最后实现其夙愿。1947年7月30日，韩乐然自迪化乘国民党257号军用飞机赴兰州途中因飞机失事而遇难。

韩乐然在生命最后5年，留下了大量的素描、速写、油画、水彩，留下了丰硕的西北考古成果，为解放大西北尤其是和平解放新疆立下了丰功伟绩，这是他生命最后的辉煌。

二、韩乐然的绘画创作与壁画研究

（一）韩乐然遗作概况

1953年，韩乐然的夫人刘玉霞女士将韩乐然遗画135幅捐献给国家。1963年，这批作品由中国历史博物馆转入新落成的中国美术馆收藏。其中，油画41幅，水彩画85幅，素描9幅。依题材分，克孜尔及敦煌佛教壁画摹绘图24幅（油画20幅、水彩4幅），西北各民族人民肖像、风俗生活图画73幅（油画19幅、水彩45幅、素描9幅），风景画38幅（油画2幅、水彩画36幅）。

近期又得观家中所藏全部遗作，计84幅，其中敦煌及克孜尔壁画摹绘12幅（水彩），西南、西北、各民族人物肖像、风俗生活图画51幅（油画7幅、水彩11幅、速写33幅），风景画19幅（油画2幅、水彩17幅），静物2幅（油画）。馆藏与家藏作品一并统计原作219幅[3]，其中油画52幅，水彩画125幅，素描、速写42幅。按题材分，壁画摹绘36幅，人物肖像及风俗图画126幅，风景画57幅，静物画2幅，有的作品带有明确的主题，堪称精心创作；许多作品风景与人物兼有，分类不一定准确。另得见韩乐然旅欧遗作照片29张，除素描《自画像》及《收割》、《丰收》3幅风俗图画外，均为油画及水彩风景。从年代来看，旅欧作品在1932年至1937年间。速写作品有8幅，为1939年作于四川，其余原作绝大部分作于40年代，且以1945年至1947年间作品为多。通过以上扫描，虽不能准确把握韩乐然艺术的全貌，却基本上呈现出他作为油画家、水彩画家于人物肖像、人物风俗图画和风景画创作的风采，和他作为考古学家的业绩，并向我们敞开了探索其艺术奥秘的大门。

（二）以形写神人物肖像

韩乐然是一位擅长人物和风景的油画家和水彩画家。人物题材中有肖像画10余幅，其中3幅为自画像。其一为作于1932的油画《自画像》，画家右手持画笔与调色板，左手扬起作画状，显然是对镜自写，他头戴礼帽，身着西装，虽面部在侧逆光下，但唇齿含

归航

笑的欢快之情得以生动体现。画家"迁想妙得"，以凯旋门上吕德的浮雕《志愿军出征曲》(即《马赛曲》)为背景，将阳光照耀下的"战神"以有力的笔法写出她号召的动势，寓意着正投身反法西斯侵略的爱国激情，堪称写心寄情之作。同年，他绘有油画《凯旋门上的浮雕》，此浮雕正是他自画像的背景，看得出《马赛曲》已经成为他精神力量的象征。其二为1935年作于法国的素描《自画像》(照片)，线面结合，手法自然，其时面部尚丰满，情态颇乐观。1940年12月1日，他又以水彩画自写头像，他显然瘦了许多。此画塑形虽较为粗略，但在那张布满阳光的脸上，看得出他坚毅、乐观的内心。按时间推算，此画作于在宝鸡被捕[4]后数月，甚为珍贵。据家人和友人对韩乐然的回忆："他的人生观，处理困难的态度和方法，都是'乐然'两个字，都是向前看的。"[5]"他素来是富有机警与胆力……他总是年轻、活泼、坚忍、富有生命力……他的意志是带着坚决像一棵大树生根。"[6]韩乐然的自画像分别作于留学法国的困难时期和抗日战争中被捕的铁窗岁月，但那乐观、坚定的精神面貌的表现却有着感人的力度。

《韩乐然夫人像》是一件油画。据目睹者回忆："刘玉霞皮肤细润，明眸皓齿，体态丰盈却不失绰约，端庄大方，看上去是个有高度文化教育的女性。"[7]那么，这张光线和形体较为错杂的肖像，却全没有了白皙、丰盈、细润，被画家强调的是她的端庄与教养，是共患难的岁月沧桑，每一笔都是他与她爱情的絮语。

其他肖像是1946年新疆旅行写生之作，画家都知道新疆各族同胞形象殊异，极宜入画，看来韩乐然是为之打动了，因为有时间坐下来画，这些肖像也较之风俗性图画认真。韩乐然所写维吾尔族人物多系油画，虽笔触粗放有速写感，但是造型较为严谨，侧光、侧逆光的运用，天光的反射及冷暖变化也都强化了形体的力度。《一个维族学者》、《一位维族女校长》、《维族女像》是维吾尔族中上层人士，学者的睿智与坚毅，女校长的聪敏与热情，贵妇人透过面纱呈现的含蓄的媚喜，都被生动地表现了出来。显然，这些人物是韩乐然在统战工作中接触过的人，他们也都不避讳伊斯兰教不能画像的教规[8]，与画家有坦然的交流。而《回教阿訇》则情绪有些复杂，廊厦外行走的红裙妇女更衬托出老阿訇的静穆。

《蒙古族老人》、《蒙古族妇人》和《木匠》均系水彩肖像。韩乐然长于水彩，其水彩肖像多用同类色，塑形之精较之油画有过之而无不及，干湿画法的灵活运用也十分自如。其中，《蒙古族老人》是一幅造型精谨的头像，古铜色的面庞衬托出他两撇白色的八字胡而格外的精神。《蒙古族妇人》头顶之花帽及辫饰品等被特意刻画，看得出画家对各民族工艺美术的挚爱。《木匠》则是一位维吾尔族老人的全身坐像，像是在阳光下待雇，呈现出慈祥、健康的风貌。

中国古代人物画论中有写真、传神、写心、肖品等语。清代郑绩"论肖品"曰："写其人不徒写其貌，要肖其品，何谓肖品？绘出其人平素性情品质也。"[9]韩乐然的肖像正暗含此意，能得对象"平素性情品质"故出乎自然，全无刻意拔高、故弄姿态之弊。

(三)多彩多姿的民族风情

出海的小渔船

以油画或水彩描绘西北各族人民的劳动生活、民俗民情，是韩乐然现存艺术作品的第一主题，此类作品也最多。1944年至1947年，韩乐然出狱过着流放生活，行踪在大西北的甘肃、青海、新疆，那里是少数民族人民聚集之地，有迥异于内地汉族人，也迥异于朝鲜人的民族风情。韩乐然敏感地捕捉了在他看来备感新奇的各族人民的劳动场景、日常生活、宗教习俗，所绘人物大多皆中景，都在一定的情景中操作或休息，实录般充满着自然、朴实、生动的生活气息。

其现存1944、1945年的作品，基本上绘于甘肃与青海，据笔者以画面形象判断，绘于甘肃的有油画《山丹学生看显微镜》。显微镜在较为落后的西北山区显然是新鲜事物，路易·文黎所办培黎学校的学生在卧室外阳光下看显微镜，并引来了仿佛是农民的两位长者旁观，正是当年于此新学之状况。其余如河西走廊农民耕地、引水、出工情景，修筑宝天铁路、天兰铁路的民工施工情景，均系水彩画。画中那些普通劳动者在阳光下赤裸着臂膀，或着粗朴的衣衫，在西北高原上耕耘、忙碌和生息，不似此前他经历过的战斗前线的艰苦卓绝的抗争。画家真实地描绘出了他们的身影，仿佛在体会着他们的艰辛，也寄托着他对和平生活的期冀。今天看来，这些平凡的体力劳动者的生活的记录，在城市里的学院派画家和陶醉在"象牙之塔"的画家的笔下是极少出现的，这也正是韩乐然在艺术史上的特殊意义之所在。

另外一批1945年及1946年春天的作品产生于甘南和青海，是藏族和哈萨克族人民生活的写照，这些作品大约有20幅，油画占有少半，多半为水彩画。其中多描写那美丽的高原上哈萨克族和藏族妇女捣米、晚炊、捻毛、浣衣、背草等劳动的情景，又有赛马、舞蹈等文娱活动场面。还有几幅水彩画画的是甘南拉卜楞街市人员来往的情景，已看出他对建筑的兴趣和描绘建筑形体的熟练技巧。特别值得关注的是油画《渡河》，母亲怀抱幼子骑马渡河，父亲坐骑之侧又有小马随行，充满人情味和人性关怀；水彩画《女木工》，通过3位藏族妇女躬身劳作的近影与远处闲散的几位男性僧人的对照，表达了作者对劳动妇女格外的同情；《负水》(1945年)令人很自然地想起吴作人1946年制作的《藏女负水》，他们不约而同地在这类似抒情小诗的画面上用色彩演奏了一曲劳动妇女的颂歌；《候她丈夫回来吃晚饭》，借立于破旧毡房前的一位哈萨克妇女的背影，巧妙地传达了耐人寻味的艺术构思；令人触目惊心的是油画《塔尔寺前朝拜》，巍峨的青海塔尔寺着雪后更加壮观，寺前贫穷信徒，正在雪地上匍匐爬行跪拜，雪地上横向的粗笔既是他们前行的履痕，也在视觉上强化着这前行的动感。冰雪中作画的韩乐然一定为此宗教的虔诚而惊心动魄，也一定对此有过感慨和思考。

韩乐然在甘南和青海没有考古发掘的课题，有较充分的时间描写那里的人民的生活，有两幅并非可以当场写生完成的油画，作品可谓他此间认真构想的大幅创作。其一为《拉卜楞庙前的歌舞》(1945年，137cm×228cm)，画家精心描绘了蓝天下、青山前拉卜楞庙外缀满鲜花的草地上藏民载歌载舞的宏大场面，更着意塑造了两位盛装的藏族女同胞的舞姿，他以漫画般的手法绘出围观者兴

凯旋门上的浮雕

高采烈的憨态，显然他也是心神投入的被感染之最者，又把这满怀的激情生动地诉诸笔端感染了所有看画的人。我想，在他这件遗世最大的创作作品上寄托了对和平幸福生活的期冀，这正是他为之奋斗的目标与动力。这件作品于1999年入选《20世纪中国美术——中国美术馆藏品选》大型画册，这幅在20世纪40年代，表现中国人民向往新生活的代表性作品显然被美术史家甚为看重。当然，当年的大西北并不总是穷欢乐的表面喜悦，他深知各民族同胞的艰辛茹苦，同年所作的另一幅油画《向着光明前进的藏民》（1945年，80cm×117cm）即着意于此。画面上浓云压着暗山，暗山衬着绿原，绿原半在云影中，半在阳光下，点彩般地开满了粉白的、浅红色的野花，身着暗紫红色衣衫的藏族一男一女及他们的女儿均重负行囊在草原上弯腰前行，身后拖着他们长长的影子。这是一幅色彩压抑沉重的图画，但画中人却执著地向着太阳的方向行进，它寓意着光明在前，仍须前进、奋斗，也深含着画家不已的斗争精神和对光明的追索。

茂绿

　　1946年4月，韩乐然一进新疆，1947年3月，二进新疆。他北至乌鲁木齐，东至哈密，南至喀什，几乎走遍了新疆。新疆丰富的历史文物及13个民族特异的风情从两个不同的方面陶醉了他，新疆成就了他西域考古的业绩，也充实了他的画囊。

留法期间故居的小街

　　新疆是以维吾尔族为多民族的地区。7世纪中叶，伊斯兰传入中国，这里的人民渐改信伊斯兰教。这片被称为歌舞之乡、瓜果之乡，同时被笔者称为民间工艺美术之乡[10]的广袤土地，往往被视为艺术的田园。韩乐然爱这片土地，爱这里的人民，以水彩和油画作媒介，在这里留下了大量的民族风情图画。诸如织毯、纺线、剪毛、晒谷、磨面、打馕、浇池、打水、养马、钉马掌、磨刀、售布、卖酸奶等劳动情景，是他关注底层劳动群众的真诚表现；诸如奏乐、歌舞、午餐，画面自然是维吾尔族人民欢迎他的仪式，也是他与兄弟民族同胞同欢共乐的写照；他也画出了马车夫休息的情状，尤其是赶牛车者在傍晚时刻做礼拜的记实，更见他对宗教习俗的尊重。具有特殊意义的是，他记录了考古发掘的亲身经历，记录了守护克孜尔石窟寺的房东子女宰牲款待的盛情，为房东夫妇作合影的写生。韩乐然曾将这房东之事专门讲给家人，家人又在此画上记录道："这个老人曾经做过法国勒库克的助手，当他明白帝国主义罪行之后，非常热情的帮助画家工作。"按照伊斯兰习俗，房东夫妇可能不便悬挂画像，画家还曾赠其他画像，并特意将此留作纪念，画家家属一直将此画存在身边，可见韩乐然及其家属是从心底感谢信仰伊斯兰教的这一家维吾尔人对佛教遗迹的保护，感谢他们对考古工作的理解和支持。1978年笔者访问克孜尔时，也曾得到一位据说多年守护这文化遗产的维吾尔老人的关照，不知是否仍是40年代的那位老人，抑或是他的后人，我曾经为此感动，今天又知韩乐然与他的关系，复对比巴米扬大佛被毁之事，不由地深为感慨。

　　韩乐然还有许多的速写捕捉了西北各民族人民劳动、娱乐的身影，有的类如《赛马图》等油画的草稿或写生素材，均笔法高简而动态生动，那笔致里透出一股写生时的激情。韩乐然的遗作以西北风情最多，他无疑堪称西北各民族劳动人民群众生活的歌者。

（四）自然风光与建筑的知音

韩乐然不仅是一位人物画家，也是一位风景画家。他热爱天造地设的大自然，对建筑更是情有独钟。早年在齐齐哈尔他曾为龙沙公园设计过一座欧式的亭子"格言亭"，此亭建于1929年，十余年前已损毁，在2005年又照原样恢复，他到法国后曾以"卖房子"勤工俭学，这些"房子"当然已被房主收藏。原作《海景》、《割谷》两件水彩，其中，《海景》以意象为之稍远视，更感有波涛汹涌之动势。现存自署"一九三二至三七年留欧生活中作品留影之一"相册，其中除堪称精谨的素描《自画像》外，其余数十件油画、水彩作品均系欧洲巴黎等地海岸及城市的风景，虽已转换为黑白的摄影，仍可感其作画心态之沉稳，可感油画之凝厚，水彩之透明。所绘建筑船只坚实而富体量层次，有空气之透视，尤其林立的桅杆、流动的水波、晃动的倒影，笔法生动自如，仿佛有中国人的书意。有街头写生的一张照片，画家立于画架前，情态潇洒而自信，欧人围观称羡者颇多，画布背面是女人体写生，正面又用来画风景，条件仍十分艰苦。这使人想起他到法国不久就敢于在巴黎这艺术之都作水彩画展的史事，他要证实的应该有中国人的自尊和中国人热爱大自然的文化传统。

从现存原作来看，风景画约占四分之一，以水彩画居多。甘肃之作，如《河西走廊水磨》，水面清澈澄明之极；《古烽台》屹立沙丘之高伟，甘南及青海草原风光有人畜生命活跃其间；尤其修筑天兰、宝天铁路数幅类如风景而有改天换地之气氛，更见画家之情慨。韩乐然在新疆所作风景存世最多，其中数幅维吾尔族街道、居民，可称为有人间烟火的诗意的栖居；《哈密王坟》、《香妃墓》（应称阿巴霍加玛札，即王坟）及其他寺院写生，是画家对独具特色的伊斯兰教建筑的赞叹；3幅《高昌古城遗址》，是这位考古专家对历史文明的追思；4幅《洞内外眺》，均是在克孜尔石窟考察时所作，不仅构图及体面、光影关系独特，亦是石窟寺建筑的研究记录；所写天池全景、山影、山脚各角度画面有10余幅，可见画家对寓有穆天子与西王母传说[11]的天池的钟爱，尤其雾雨中的天池，水彩和着雨滴在纸上有着极其自然生动的效果，天池风景中空白的运用应该说有中国画的影响。画家复制了若干张天池风景，显然是应索要者的喜爱而为。这是一首首大自然的颂歌，这是对历史文明的怀古，这是对建筑艺术的襄扬，这是人与大自然谐和的表怀。将自然美转换为艺术美之际，是人的情感志趣的升华。

（五）壁画临摹的宝贵史料

韩乐然是画家，也是考古学家，尤其作为中国研究克孜尔石窟寺艺术之第一人，不仅在洞窟上留下了宝贵的题记[12]，留下了韩氏的编号，还留下了数十件摹件，这些壁画临摹包括敦煌莫高窟壁画和克孜尔千佛洞壁画，以克孜尔居多，油画、水彩兼有，以油画居多，因此又可以说他是以油画、水彩西画艺术媒材临摹中国壁画之首创者。这是一个本文暂时不能展开的庞大的专门课题，我只是说明，一位学习西方油画、水彩画起家的艺术家如此看重中华民族的艺术传统，如此精心临摹古代壁画，不仅仅是为了保护和传承，而且

海湾之一

夜航

必将遇到东、西方面两大艺术体系碰撞融合的课题。他不仅看到了克孜尔壁画"其色彩之新，构图之精，画风之异，都近于印度犍陀罗风"[13]，不仅看出了"近代西洋画中的新派作风，可能由19世纪起盛行的考古发掘工作过程当中所得古代作品影印刊布于欧洲社会以后的影响和变化是可能的"[14]，还看出了古代画师"已注意到光的表现和透视……他们从人体的描画不唯精确而且美"[15]，而且意识到"民族性和民族文化形式之不可分离"[16]，高度赞美古代画师的"自信心与乐观态度"及"艺术精神"，这必将激发他的民族自尊心、自豪感，必将有益于具有东方风格的中国油画的创造。东方壁画自身自由的想象，平面造型、没骨塑形与线型结构，黑色与其他矿物质颜色(尤其与土红、石青、石绿)的璀璨而谐和的配置，他在临摹过程中因作复原处理而产生的丰富的复色关系的探究，对于流畅的写意笔触的运用，都必将影响他日后的创作，而且已经影响了他在西北的油画和水彩作品。这是作为画家的考古学家较之专门的考古学家的又一收获，正像张大千、常书鸿、董希文、潘洁兹的敦煌考察对于艺术创作所产生的深刻影响那样，敦煌、克孜尔的考古发掘对于弘扬中国艺术传统的意义已经成为整个时代的课题。

静物水果之二

三、韩乐然的艺术风貌与艺术精神

韩乐然的艺术风貌实际上已经隐含在前文评述之中，概括而言，其一，对普通劳动大众生存状态的关注，对劳动生活的热情歌颂，使之成为20世纪上半叶最具有平民意识和现实主义精神的艺术家之一，而代表了彼时进步的艺术潮流。正如他曾经对他的学生黄胄所言："只许我画风景物，不许我画劳苦人民，给他们粉饰太平恐怕是办不到的！"[17]又如他在评陆其清画所言："……在学习的趣味上，我始终是朝着向伟大的自然和广大的人群学习之故，重视现实。"[18]

其二，对大自然的热爱，又使之成为20世纪上半叶较有成就的风景画家。评者说："回国后，他一直是走着讴歌自然的道路，而后才走向人生风俗的表现。"[19]实际上，如前所述，他是有"伟大的自然"和"广大的群众"两个老师。法国时期作品确实以风景为主，被捕出狱之后又受到过"只许我画风景物"的警告，热衷于风景也因此有了多方面的原因。从其西北写生风景来看，有纯自然的山河，更多是与人物生活结合在一起，因此有别于中国古代隐逸性山水，而是饶有人间烟火的活的现代风景。喜爱建筑亦为其风景画特征之一，他画的建筑之结构和体面关系殊有技巧。他善绘新疆高耸入云的白杨，那又是他人格的象征

其三，尤爱光与色的表现。他受到了法国印象派的影响，对于外光，对于补色关系的表现在风景画中较之人物画有更强烈的追求，点彩技法在油画中也多有运用，其油画也许与做底子仓促而吸油有关，显得重拙而沉稳，甚至变得乌暗；而水彩画却件件饱含着水分，通明透亮般地跃动着光与色的活力。著名画家黄胄赞美其水彩画"用水用色酣畅淋漓"；著名画家、考古学家常书鸿认为："他那纯熟洗涤的水彩画技法，已达到了炉火纯青的程度。"水彩人物往往辅以短线，较之油画人物更加简明、痛快、有力，或许其中有古代壁画的影响亦属情理之中，或者说他已经迈出了西洋画(尤其是水彩画)民族风的第一步。

其四，气韵生动。其艺术精神乐观有力，他始终有一颗向着光明的心，这与他的个性气质有关，也与一位革命者的理想信念有关，如果说《拉卜楞庙前歌舞》是乐观精神的正面表现，《向着光明前进的藏民》则是有悲剧情怀的奋斗精神象征。毕加索的朋友、戴高乐文化骑士勋章获得者盛成教授，着意评论他的画"生动而活泼"，1988年为韩乐然画展题词说："他与毕加索一色一流……有活、动、血、汗、泪、点、线、面、轮廓，色与光、字与名的笔力，透视中外古今一切的生动，正反协调的气韵。"足见其画感人之深。

其五，不屈不挠的奋斗之力。此正是这位革命家兼艺术家的本色，韩乐然坎坷的经历，忠实的艺术劳动态度，勤奋的艺术劳作精神感人至深。丘琴评论说："回顾一下乐然经历的道路，真是血汗斑斑。"[20]韩乐然就是这样看待艺术，他在评论老友常书鸿画展的文章中旗帜鲜明地反对走"投机之路"，热情地讴歌"不屈不挠的艺术战士精神"和"战斗的人生之路"。文章说：进步与成功是血痕斑斑的路程，它是艰苦的。今日我们所能享受的文明并不是投机取巧而掠得来的，而是文化战士的历经惨痛战斗而得的积累。它是公有的财富。"想把自己献给光明人类的战士们，应当学习不屈不挠的战士作风，继续向前奋斗吧，常先生所享的荣誉般的胜利的光荣，必招展在你们面前！"[21]这是对常书鸿艺术精神的肯定，同时也是韩乐然的艺术宣言，他走了一条远较常书鸿更加坎坷，更加悲壮的血痕斑斑的艺术与人生之旅，又岂是"血染丹青路"五字所能涵盖！

韩乐然是血染的丹青路上的先驱，20世纪八九十年代以来，他在中国美术史、文化史、革命史的地位日益隆显，常书鸿称其为"为民族艺术的保护研究而奋斗终生的战士"，赵朴初赞曰"画中史乘，笔底庄严"，黄胄颂其师"光风霁月，热血丹心"。随着对韩乐然的研究和展览活动的开展，他必将更加光耀史册，他的艺术精神将普照着所有为着和平与人类光明而奋斗的艺术之园。

巴黎塞纳河上的桥

丰收

注释：

(1) 本文所述韩乐然生命旅程，据盛成等编著《缅怀韩乐然》一书诸文，民族出版社（北京），1998年11月第1版。其中以崔龙水《革命家、艺术家——韩乐然》一文为主要线索。

(2) 据1946年4月27日《新疆日报》的《韩乐然先生西画展览启示》言"韩乐然先生耽绘事，继而留学法国国立巴黎卢佛尔艺术学院，业冠侪辈，声蜚法京，毕业后遍游法、意、瑞、比、荷、波、捷、奥诸国……"

(3) 据韩乐然夫人刘玉霞在《韩乐然遗画整理说明》中说："计整理其遗画165幅，自留28幅作为纪念。"又在《回忆乐然法断》中说："乐然最后留下的画经我手整理出165幅，还有一些速写、底稿等，总计近200幅。"见《缅怀韩乐然》一书第165页、第162页。

(4) 杨公素《怀念韩乐然同志》一文中回忆："我们二人于1940年4月5日同行离开太行山，经垣曲，过黄河，来到西安……我们在西安买好了去重庆的公路车票，并乘火车去了宝鸡（西安公路去重庆在宝鸡上车）。当天将黄昏时，火车到达了宝鸡站，突然发现站内外军警密布，警卫森严……饭后回到了旅馆，我们各自进房后立即来了几位宪兵将韩乐然同志和行李带走。"（《缅怀韩乐然》第74页）又据余克坚《回忆韩乐然同志在晋南抗日前线》一文："大约是1940年4月间，韩乐然又从重庆来到93军，并将再出八路军的总部……5月下旬，韩乐然离开93军，准备取道西安，回大后方重庆……6月5日晚，魏巍约厦讷到野外密谈……说乐然在宝鸡被扣。"(《缅怀韩乐然》第80至81页)据以上二文记述，韩乐然被捕时间在1940年5月前后。

(5) 何天祥《几段往事——忆韩乐然先生》，《缅怀韩乐然》第125页。

(6) 鲁少飞《忆乐然同学》，《缅怀韩乐然》第275页。

(7) 周起秀《雪里岂无含翠草，春深原有未开花——怀念画家韩乐然》，《缅怀韩乐然》第112页。

(8) 按伊斯兰教规，人物和动物都是有生命的灵魂，逝后都要向胡大交魂，被画或被拍摄之后，则被摄走灵魂而无法向胡大交代，故伊斯兰教民不请人画像和拍照，家中不悬挂画像，礼拜寺内外也无偶像崇拜，装饰纹样皆以植物或几何形纹为材。

(9) 郑绩《梦幻居画学简明·论肖品》，转引自俞剑华编著《中国画论类编》第574页，中华书局香港分局1973年4月版。

(10) 新疆各民族因伊斯兰教规所限，在造型艺术方面不取人物和动物形象，故其在造型艺术方面的聪明才智转向以植物纹样和抽象图形为主的民间工艺美术，建筑艺术亦殊具风格。

(11) 西王母为古神话中仙人，天池为古神话中之海。韩乐然所画天池位于新疆天山博格达峰山腰，相传为周穆王西游与西王母宴乐处。民间称天池为西王母之镜，或戏言为西王母之洗脚盆。

(12) 题记作于1946年6月10日，6月16日又补记，系用白笔书于深色壁面，全文为：余读德勒库克(Von—Lecog)著之新疆文化宝库及因斯坦因(Sir—Aurel Stein)著之西域考古记，知新疆蕴藏古代艺术品甚富，随有入新之念，故于1946年6月5日，只身来此，观其壁画，琳琅满目，并均有高尚艺术价值，为我国各地洞窟所不及，可惜大部分墙皮被外国考古队剥走，实为文化史上一大损失。余在此试临油画数幅，留居14天，即晋关作充实的准备。翌年4月19日，携赵宝琦、陈天、樊国强、孙必栋二次来此，首先编号，计正附号洞75座，而后分别临摹、研究、记录、摄影、挖掘，于6月19日暂告段落。为使古代文化发扬光大，敬希参观诸君特别爱护保管！

韩乐然 六·十

最后于13号洞下，挖出一完整洞，计六天六十工，壁画新奇，编号为特1号六·十六

(13)(14)(16) 韩乐然《新疆文化宝库之新发现——古高昌龟兹艺术探古记(二)》，原载1946年7月19日《新疆日报》，转引自《缅怀韩乐然》第203—206页。

(15) 韩乐然《克孜尔考古记》，原载1947年10月《西北日报》，转引自《缅怀韩乐然》第213—214页。

(17) 黄胄《画家椽笔，大漠飞虹——怀念老师韩乐然》，原载《社会科学战线》(长春)1982年第4期，转引自《缅怀韩乐然》第95—96页。

(18) 韩乐然《看了陆其清先生画展之后》，原载1946年9月17日《西北日报》，转引自《缅怀韩乐然》第226页。

(19)(20) 丘琴《一年间丰硕的果实——献给乐然第14次画展》，原载1944年《西北日报》，转引自《缅怀韩乐然》第237页。

(21) 韩乐然《走向成功之路——常书鸿先生画展而作》，原载1946年3月2日《西北日报》，转引自《缅怀韩乐然》第225页。

民族解放运动的先驱者和人民画家——韩乐然

崔龙水

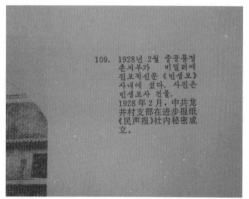

1928年2月中共龙井支部在《民声报》宣布成立

韩乐然，名光宇，字乐然，幼名允化，曾用名韩幸之、韩素功等，中国朝鲜族人，1898年出生于吉林省龙井村（今龙井市）。他在那里度过了青春时光，并从此逐步走入社会，成为一名献身革命的著名画家。

韩乐然同志是杰出的政治活动家、著名的人民艺术家，被人们称为"中国的毕加索"（盛成语）。韩乐然最初参加的革命斗争是龙井的"三一三"运动，并参加过高丽共产党初期的活动。后来他积极参加中国共产党领导的反帝反封建的伟大民族解放运动。同时，也直接和间接地支持了朝鲜独立运动。他1923年加入中国共产党，是我国朝鲜族中最早的共产党员。他是东北早期建党领导人之一，同吴丽石、任国桢等同志建立了沈阳、哈尔滨等地最初的中国共产党组织。他是国际反法西斯战士，30年代旅欧期间参加过法国共产党的反法西斯斗争，抗战初期结识史沫特莱、斯诺、艾黎等国际友人，还曾介绍朝鲜革命者去延安。他长期从事党的统战工作，曾与国民党元老于佑任及西北军政要员张治中、陶峙岳交往甚密。他早年毕业于上海美术专科学校，后赴法国进巴黎美术学院深造。他是我国早期旅欧画家中最先把传统文化与艺术创作结合起来的人，他把艺术与科学合二为一，将绘画与考古融为一体，为保护古代文化艺术做了许多开拓性的工作。他创作了大量摄影、绘画作品，其大部分早已散失，部分珍藏在中国美术馆。

一、投入反帝斗争的洪流

韩乐然自幼聪明好学，酷爱绘画艺术。但因父亲早逝，家境贫寒，高小毕业后，不得不辍学谋生。最初到电话局当接线员，后考入海关做职员。海关是对外的窗口，他在海关期间，通过接触外国书报，涉猎世界新闻，吸取了许多新思想。

1918年第一次世界大战结束，战胜国在巴黎举行和平会议，但事实上成为帝国主义的分赃会议，中国要求废除中日"二十一条"等不平等条约的提议未通过，朝鲜仍然被日本帝国主义占领。巴黎和会的消息传出后，1919年3月1日朝鲜爆发"三一"运动，5月4日中国爆发五四运动。两者遥相呼应，相互支持声援，共同谱写了近代中朝人民友谊的新篇章。

在朝鲜"三一"运动的影响下，吉林省朝鲜族聚居地龙井村于1919年3月13日也爆发了声势浩大的反日示威游行。当时《上海日报》报道："韩侨慷慨激昂，手持太极白布旗，高呼独立万岁，演说毕，遂以五色旗，太极旗为导，游行延吉街市。"（1919年3月26日）上海出版的《独立新闻》报道："埋在心胸十年之久的太极旗终于得见天日，大放异彩，在万岁声中迎风飘扬。"（1920年1月1日，1月13日）

当时正在海关工作的韩乐然因消息灵通，率先知道"三一"运动的消息，于是积极参加了"三一三"运动的准备工作。那时游行队伍中手执的太极旗，许多是由韩乐然亲手精心制作的。崔顺姬老人回忆：韩乐然"借一辆海关税务士（英国人）的自行车，买了几匹白布到英国人税务士家，连夜画了大量的太极旗（当时象征朝鲜的国旗），分发到各个学校，以便于手拿太极旗参加反日示威游行"。（《回忆姑父韩乐然在龙井的日子》载于《缅怀韩乐然》第20页）在日本军警的唆使下，东北军阀出面，残酷镇压这一和平的游行，示威群众死14人，伤多人。过后，反动军警展开大规模搜捕活动，包括韩乐然在内的反日骨干分子被迫离开家乡，奔赴十月革命胜利后的远东地区，寻求革命真理。

1920年初，韩乐然跟随韩人社会党人离开俄国的海参崴，到达朝鲜独立运动者集中的上海，参加高丽共产党的活动。在上海，他先在法租界的电车公司和印刷厂当工人。1921年入上海美术专门学校学习西洋绘画艺术。1922年2月6日，在上海闸北发生了金立被杀事件。金立是高丽共产党人，曾任韩国临时政府秘书，因未把列宁资助朝鲜独立运动的资金全部送交给临时政府，被吴冕稷、卢宗均杀害。这一事件促使高丽共产党负责人李东辉辞去韩国临时政府总理职务，影响了朝鲜独立运动的发展。韩乐然的夫人刘玉霞在一份资料中，谈到韩乐然非常关心朝鲜革命时写道："当时一位同志被杀害了（我记得他说此人是朝鲜人，或朝鲜族人），尸体在当时上海商务印刷书馆后边场上。组织上让他去收拾尸体，并从身上取回一些证件和存款单，一项很大的款子，没有被敌人取走。"当年的商务印刷书馆就在闸北的宝山路45号，现在宝山路499弄的住宅小区。路易·艾黎对这一事件是这样回忆的："韩乐然曾经告诉我，在上海他和一位同志住在一起，共同保管党的一份钱财。一天，乐然回家，发现他的朋友被杀害，没头的尸体倒在地上。他看到藏起来的钱财完整无缺，就把它如数交还党了。"（《忆乐然》载于《缅怀韩乐然》第35页）以上事实说明，韩乐然曾参与金立被杀害事件的善后处理工作。

二、东北早期建党领导人

1921年7月，中国共产党在上海成立。1922年，蔡和森创刊中共党的机关刊物《向导》，乐然成为《向导》的热情读者，开始接近中国共产党，并于1923年在上海参加中国共产党。从此一直在中国革命队伍里，参加反帝反封建的伟大民族解放运动。1923年底，乐然以优异成绩毕业于上海美专，党中央派他去东北为建党做准备工作。1924年春，乐然到达奉天，结识了基督教青年会

1934年3月6日，中国东北四省留法同学宣言

干事阎宝航，在其支持下，举办了油画展览，后又在小南关风雨台附近创办了私立美术专科学校。乐然自任校长，除负责筹集资金、租用校舍、聘请教员、安排课程外，还亲自讲授一些课程。当时聘用的教员，先后有陆一勺、许露白、鲁少飞、沈立溶、王平陵等人，还请过三位俄国人当教员。他以此为据点，联系社会各界人士，开展革命活动。他发现青年会的苏子元等人组织的青年读书会，正在自发地组织学习共产党主义理论，就主动接近他们，支持他们的活动。经他联系，寄来了《向导》、《中国青年》及一些马克思主义书籍。通过这些书在进步青年中传阅，宣传了马克思主义，为建立党的组织做了思想准备。当时是第一次国共合作的初期，乐然曾协助孙中山派来的朱霁青物色黄埔军校学员，联系老同盟会会员梅佛光、马愚忱、钱公来、宁武等人，创办"启明学社"，团结了沈阳文化界的知名人士。

1924年10月，任弼时派吴丽石到奉天，与乐然共商建党工作。1925年，中央北方区派任国祯到沈阳，同吴丽石、韩乐然一起，建立了沈阳市最早的党支部。1925年6月10日举行的沈阳学生声援五卅运动的示威游行，就是在这些共产党人的领导和支持下进行的。

1925年夏，乐然受党组织的派遣，去苏联海参崴，回来后就去哈尔滨工作。当时的哈尔滨是东北地区党的活动中心，吴丽石、任国祯陆续到达那儿担任党的领导工作，还从沈阳调来了苏子元、王纯一等同志。乐然的公开身份是哈尔滨普育中学的美术教员，他同楚图南、赵尚志、王光禄、张友仁等同志一起，组织青年读书会，办平民夜校，在知识分子和青年学生中开展工作，宣传马列主义。期间乐然曾介绍王纯一、傅天飞、傅天钧等入党，发展了一批党员。协助吴丽石派王纯一、苏子元去绥芬河建立交通站。后来，这个交通站在护送六大代表去苏联时，起了很重要的作用。后派苏子元去延边进行社会调查。

1929年初，乐然来到齐齐哈尔。公开身份是龙沙公园监理，负责设计该公园的"格言亭"。同时，与孙乐天合伙开设"乐天照相馆"。后来那里成了党的秘密联络点，在抗日战争时期为我党提供了许多情报。

韩乐然在东北从事了许多革命活动，因此东北军阀奉天公署的一份秘函中，称韩乐然为"赤党委"、"朝鲜独立党魁"。

三、参加国际反法西斯斗争

1929年秋，乐然离开齐齐哈尔，经上海去法国勤工俭学。那是资本主义经济危机的一年，西欧各国经济受到严重打击，大批工人失业。乐然在异国他乡，实无立足之地，只好先到中国饭店打工谋生。在里昂，他去中法大学，找常书鸿等人商量，准备在中国饭店举办一次水彩画展览。在绘画水平很高的法国，举办这样一次画展是非常大胆的举动。不负所望，他挣了一些钱，开始了法国的旅行写生。他先到美丽的尼斯城，后到首都巴黎。他在西方艺术瑰宝荟萃地凡尔赛宫流连忘返，对卢浮宫珍藏的艺术品赞叹不已，决心系统地学习法国的绘画艺术，于1931年考进巴黎美术学院。乐然在法国的学习生活是非常艰苦的，上街作画卖画得钱维持学业。在街头作画也不是一件容易的事，必须具备一定的绘画水平，还得经场头同意方可。尤其是巴黎蒙马头峰顶方场，是

《反攻》第二卷第一期

《反攻》第二卷第二期

人才聚集的地方，西班牙著名画家毕加索也曾在那作画。乐然经常到这个方场作画。当人们看到他技巧娴熟的作品时，竟说："你一定是日本人。"他非常气愤，在广告上醒目地写道"中国画家韩乐然写生作品展览"。有一次戏剧家熊式一先生去法国，指导中国文化艺术的爱好者排演中国古典京剧《王宝钏》，他主动担任舞台设计，收到非常好的效果。

乐然从事绘画艺术工作，并没有忘记革命事业。他在法国，参加了法国共产党组织的反法西斯斗争。他去荷兰、瑞士、英国、意大利写生作画时，还肩负着国际宣传和调查研究的任务。他去苏联南部时，曾写信与在苏联学习军事的苏子元联系。

1931年9月18日，日本关东军进攻沈阳，制造了九一八事变，并逐渐占领中国东北全境。1934年3月1日，在日本帝国的扶持下，溥仪登基皇位，成立伪满洲国。远在法国的韩乐然非常愤慨，组织留法的中国东北籍学生，发表《中国东北四省法国同学宣言》。该宣言揭露了日本帝国主义侵略政策，表达了中国人民决心与倭寇作殊死战斗的坚定信念。

韩乐然在巴黎参加了法国共产党中国语言支部的活动。1937年7月7日，卢沟桥发生七七事变，中国的抗日救亡运动全面爆发。旅欧的中国学生义愤填膺，广泛开展了抗日救亡运动。他们通过反帝大同盟组织召开世界青年反战大会，举行全欧华侨救国联合会代表会议。1937年9月18日，全欧华侨救国联合会第二次大会在巴黎召开，西欧各国华侨代表纷纷出席。大会通过支持国内的抗日战争，选出了执行机构的组成人员。韩乐然作为法国代表出席，被选为候补执行委员，负责侨务部工作。在分组会议上，他围绕抗战与救灾问题进行了专题发言。在这之前的1937年8月11日，杨虎城将军（发动"西安事变"的主要人物之一）到法国巴黎访问。当时，以吴玉章为首的中共中央驻共产党国际代表处的机关报《救国时报》，与法共中国语言支部积极配合，使杨虎城的访问得以顺利进行。这时的法国巴黎是国际反法西斯力量的活动中心，杨虎城的反日宣传对西欧反法西斯斗争产生了积极的影响。韩乐然作为《巴黎晚报》的摄影记者，参加了对杨虎城的采访活动。

8月26日，《救国时报》、《巴黎晚报》等报刊设宴招待杨虎城一行，并邀请中外记者座谈。杨虎城在答记者问中，表达了中国人民在抗日统一战线旗帜下抗战到底的决心。韩乐然作为主办单位之一的《巴黎晚报》记者，积极参与了这一活动。

10月12日，全欧华侨抗日救国联合会发起组织"赴西班牙参观团"。参观团以法共中国语言支部的负责人何肇络为团长，成员有20多人，韩乐然作为记者随行。当时正在法国访问的杨虎城一行也应邀参加。代表团在西班牙巴塞罗那等地参加群众集会，还到保卫马德里的前线鸣枪，声援西班牙人民的反法西斯斗争。

10月29日，杨虎城一行离开法国马赛港，乘法轮"哲里波"号启程回国。中共旅欧的党组织从留法、留德的党团员中选拔出10余名青年，护送杨虎城回国，其中就有韩乐然。乐然同船离开法国，经地中海过苏伊士运河，于11月26日到达香港。

四、联系国内外各界朋友

1937年，韩乐然来到战时首都武汉。苏子元把他的党组织关系转到刘澜波那里，报周恩来同意后，安排到东北抗日救亡总会工作。韩乐然任中共党组成员，参与东北抗日救亡总会领导工作。东北抗日救亡总会是由东北流亡到关内同胞所组成的抗日群众团体。总会有共产党组成的党组，受中共中央长江局的领导，直接在周恩来的领导下，展开抗日救亡运动。

相同的历史遭遇和共同的命运，使东北抗日救亡总会与朝鲜在华的抗日组织有了密切联系，经常共同组织抗日活动。例如：

1938年3月20日，东北抗日救亡总会召开"追悼东北抗战阵亡将士大会"，朝鲜民族战线联盟的男女代表参加；

8月13日，纪念上海"八一三"抗日纪念日火炬游行，朝鲜民族战线联盟也派代表参加；

9月18日，纪念"九一八"大游行，朝鲜民族战线联盟负责人陈国斌（金元凤）发表讲话，并同中国共产党的领导人一同参加了群众游行。

韩乐然作为东北的朝鲜族革命家和东北抗日救亡总会成员，积极参加了这些活动。

期间，韩乐然在武汉结识了许多朝鲜革命者。9月，他曾托姜克夫在去延安的路程中，把四位朝鲜同志带到西安八路军办事处。其中的李明、张震光经延安抗日军政大学学习后，被派到太行山根据地，成为朝鲜义勇队和朝鲜独立同盟的负责人。

1938年10月10日，朝鲜义勇队在武汉成立。时任国民政府军事委员会政治部副主任的中共中央代表周恩来及政治部第三厅长郭沫若出席会议，表示祝贺。

10月13日晚，朝鲜义勇队在汉口基督教青年会所举办联欢会。此处是东北抗日救亡总工会经常召开会议的场所。韩乐然在这里认识了为基督教女青年会工作的刘玉霞，后来结婚生儿育女。

韩乐然在东北抗日救亡总会主要负责抗日救国活动的宣传工作。期间，他认识了许多国内外记者，其中包括美国新闻记者斯诺（Edgar Snow 1905—1972）、斯特朗（Anna Louise Strong 1885—1976）、史沫特莱（Annes Smodler 1896—1950）和新西兰人路易·艾黎（Louis Alley 1897—1987)等，并为他们提供中国抗日形势的宣传材料。他曾频繁地来往于武昌与汉口之间，协助史沫特莱筹办战地医护人员培训班，筹款购置药品，送往新四军、八路军驻地。

他结识范长江等人，与中国青年新闻记者协会来往密切，并与"上海救国会"负责人沈钧儒、邹韬奋、钱俊瑞、柳湜等人有过交往。

身为画家的韩乐然，在忙于各种社会活动的同时，绘制了一些抗日宣传画。他为东北抗日救亡总会机关刊物《反攻》杂志设计制作木刻版封面画《保卫我们的家乡》、《保卫我们的国家》、《怒吼吧卢沟桥》等。他绘制的巨幅画《不愿做奴隶的人民，起来消灭日本帝国主义》，高高地悬挂在汉口海关大楼，还画巨幅油画《全民抗战》，悬挂在武昌黄鹤楼上。这些宣传画与朝鲜义勇队在墙壁上和马路上书写的反战口号互相辉映，鼓舞了武汉三镇军民保卫东方"马德里"的战斗士气。

武汉市失守前，郭沫若领导的第三厅组织一批艺术家去延安访问，11月20日韩乐然同东北作家赛克等到延安，受到毛泽东的接见。

五、统一战线的联络员

武汉失守前，蒋介石的国民政府前往重庆，东北抗日救亡总会也撤到重庆。1939年3月，国民政府党政委员会成立，任务是调节战地各党派、各部队的关系，消除摩擦，把以国共合作为基础的全面抗战进行到底。蒋介石任主任委员，李济深任副主任委员，周恩来也列为委员。经东北抗日救亡总会负责人阎宝航介绍，韩乐然去战地党政委员会上任，被任命为少将指导员。

韩乐然任职期间，曾两次去晋东南抗日前线实地考察。

第一次是1939年5月至7月，随行人员有新闻记者丘琴。他们冒着日军炮火，坐火车到达洛阳。5月23日下午，在孟用潜的陪同下，去设在洛阳西工兵营(现为洛阳市中州中路403号)的第一战区司令长官部，拜见卫立煌。交谈中，韩乐然政治态度很明朗，主张坚决抗战到底。同一时期，还去洛阳十八集团军办事处联系工作。5月26日从渑池渡过黄河。5月30日到达驻扎在郎壁附近的国民政府军93军军部，见到了参谋长魏巍和在延安结识的余克坚、杨公素、夏讷等人，了解了93军地方工作委员会的工作情况。离开93军军部时，魏巍捎口信给八路军彭德怀副总司令，说他见到蒋介石的密令，国民党要加紧反共，请八路军总部考虑如何应对。后来，当蒋介石电令93军帮助阎锡山进攻抗日决死队伍，魏巍不签发作战命令，故意拖延一天，使唐天际晋豫支队有时间撤离转移。韩乐然一行，穿过日军的封锁线到达黎城县某地八路军前线总部，见到了彭德怀。返回时，又到93军总部，传达了八路军总部的嘱托，希望魏巍等人在93军坚持工作。回到西安，韩乐然先后三次起草报告给战地党政委员会，叙述了一路上观察到的民情、军情，集中介绍山西"牺盟会"为抗日作出的成绩。报告上交后，各方反应强烈，党政委员会复信倍加称赞，要求继续报告。报告的部分内容改写成战地通讯，登在《反攻》杂志上，使大后方的人民了解抗日前线的情况。乐然一行在晋东南前线，还见到了战地采访的老朋友苏联摄影记者卡尔曼，并交换了战地情况。

1939年10月，韩乐然与从事抗日救亡运动的刘玉霞结婚。他们的婚礼在重庆市两路口重庆村17号阎宝航的三层小楼举行。阎宝航、刘澜波主持婚礼，证婚人是东北抗日名将马占山，重庆韩国临时政府国务委员金九、新西兰进步人士路易·艾黎等出席婚礼。

第二次晋东南之行，大约在1940年的4、5月之间。经过1939年冬国民党第一次反共高潮，国共关系出现紧张，他的随行人员配备了军人。开始是一位上尉役军官，后来是1938年毕业于延安抗大的宿仲航中尉。同第一次一样，又经过93军军部，军部内军长刘戡与参谋长魏巍之间矛盾激化，魏巍等人难以坚持。韩乐然再一次去太行山根据地，见到了彭德怀和参谋长左权，彭德怀同志分析了当时局势的发展，指出在国民党军队内部工作的重要性，希望他们尽最大努力在93军坚持下去。1940年5月，乐然从八路军前线总部回来，他带回了八路军总部对时局的看法，仍然说服魏巍等人留在93军工作。韩乐然离开93军军部去西安时，魏巍写了一封长信，托乐然交西安八路军办事处，或带到重庆交周恩来公馆。乐然到达西安后，立即去七贤庄，把信交给八路军办事处。他准备取道宝鸡回重庆，同行的有93军的杨公素。在宝鸡车站下火车，发现军警密布，如临大敌。军警严格检查每一个过客。

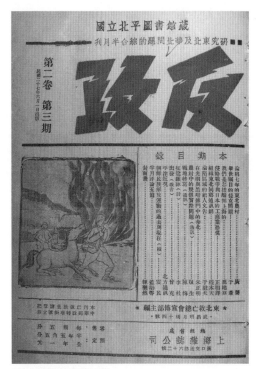

《反攻》第二卷第三期

《反攻》第二卷第四期

当晚，西北"工合"宝鸡办事处主任卢广绩设家宴招待。乐然回到招待所，就被事先埋伏好的宪兵队秘密逮捕。与他们同行的杨公素，把乐然被捕的消息传到93军。魏巍担心托韩乐然捎去的信件被搜出，就找刘戡摊牌，明告托乐然带信之事，要求放他出走。刘戡与魏巍是生死之交，看到政治分歧已无可弥合，只好请他自便。后来，魏巍带一些进步青年很快就离开93军，到达太行山八路军前线总部，参加了八路军。

杨公素辗转各地到达洛阳，通过洛阳八路军办事处联系，同朝鲜义勇队的文正一等人，渡过黄河到达太行山根据地，受到根据地军民的热烈欢迎。朝鲜义勇队北上进入共产党的八路军根据地是一件大事，没有八路军总部的同意是不可能的。具体的内幕至今没有公开的材料可以参考。韩乐然是熟知朝鲜义勇队的人士，它在朝鲜义勇队北上前，两次来往于晋东南和太行山，并与国民革命军一战区司令长官总部、洛阳十八集团军和八路军主要领导人多次会谈，不可能与此无关。

乐然被捕后，立即被押回西安，关在国民党省党部楼上，秘密审讯。刑讯时，他镇定自若，严守党的机密。后移押到专门关押共产党和共产党嫌疑犯的太阳庙门"特种拘留所"。在狱中，他一方面秘密做思想工作，安定难友的情绪，另一方面又组织难友进行合法的斗争。女青年傅斌被严刑拷打后，乐然鼓励她坚持斗争，并提醒她，在不破坏组织、不损害同志的前提下，应争取释放出狱。他发现同狱的一个留德学生行迹可疑，及时报告了党组织。当时日本飞机经常轰炸西安，他向国民党当局提出自己动手挖防空洞的意见。参加挖防空洞劳动后，又提出了打开镣铐的要求。乐然还动员难友生产自救，自己动手用纸浆塑制玩具，卖的钱来购买医药，为负伤患病的难友治病。

乐然在三年的监狱生活中，表现得坚定、老练、乐观。他主动团结难友坚持斗争，经常向党组织反映狱中情况，使党组织得以设法营救一部分同志出狱。并做了看押他的狱卒的转化工作，使得其中一位看押他的狱卒由于他的关系到了延安，投入革命工作。

1943年初，由于党组织通过李济深和东北人士的多方营救，他终于被假释出狱。

但他仍受国民党特务的监视。他利用外出绘画写生的机会，深入西北的少数民族地区，做力所能及的民族团结工作，并结识在西北的国民党上层人士张治中、陶峙岳、邓宝珊等，和杨虎城的旧部赵寿山联系商议，将河西走廊的部队拉到解放区。他为大西北的解放做了大量准备工作。

六、东西文化结合的先行者

乐然是我国早期旅欧画家中，最早把传统文化与西方文化同其创作活动结合起来的人。他留学法国，专攻水彩油画，以西洋画家闻名于世。但他酷爱中国的传统文化艺术，自觉把东西文化艺术结合起来，创作了大量的艺术杰作。

乐然假释出狱后，国民党当局仍然限制他的行动，不许他离开西北，不许他画劳苦大众。他想去河南黄泛区写生，国民党当局不允许，只好带学生黄胄去西岳华山写生。他教黄胄绘画非常认真，从基本常识讲起，还介绍法国的绘画艺术。有时他们彻夜畅谈，讲到托尔斯泰、高尔基、鲁迅。有时他们一起读毛译东《在延安文艺座谈会上的讲话》油印本。从宝鸡到华山，约一个月时间，乐然画了四十多幅水彩写生。他画了风车、水磨及山村小庄，还画了人民大众的劳动生活。水彩画《桥上》，画的是一座破木桥，一个瘦弱男子躬身曲背驾车，拉套的也是一匹瘦骨嶙峋的马。作这幅画时，他还对黄胄说："只许我画风景静物，不许画劳苦人们，给他们粉饰太平，恐怕是办不到的！"

1929 年韩乐然在齐齐哈尔龙沙公园设计的"格言亭"

1944 年，乐然把家搬到兰州定居。这一年，他西去青海塔尔寺，南下甘肃南部拉卜楞，北上沿河西走廊到敦煌，画了古老长城西端嘉峪关、修建中的天兰铁路、培育新型人才的培黎学校、少数民族的风土人情。他用西方的主要画种油画，描绘了中国西北各族人民的生活。油画《青海塔尔寺庙会》、《庙会上的歌声》、《塔尔寺前的朝拜者》和《拉卜楞一条街》、《拉卜楞庙前歌舞》，是那样古朴、深沉而富于哲理。他从拉卜楞归来，精心创作了油画《向着光明》。画面上，一对藏族夫妇领着小女孩，艰难地走在山坡上。丈夫身上的背囊越来越重，压弯了腰；妇女将仅有的一双靴子，紧紧地抱在怀里；小女孩也赤脚，走在杂草丛生的山坡。他们抬头望着远方，向着太阳走去。画家对藏族同胞的流离失所，赋予极大的同情，并寄希望于光明的未来。

10 月，乐然来到敦煌，与老友常书鸿相见。他们彻夜畅谈，回忆 20 年来的人事变故，探索千百年来的艺术瑰宝。他们愤恨帝国主义分子的掠夺，决心为挖掘整理中国古代文化遗产共同奋斗。丝绸之路，不仅是欧亚经济交流的通道，也是东西方文化交流的重要通道。克孜尔、敦煌，都是丝绸之路上的东西文化荟萃地。乐然在敦煌莫高窟，临摹了许多壁画。他临摹飞天画，与以往不同，以往多以工笔画临摹，他却用水彩画临摹。他临摹的隋、唐、魏飞天，用淡淡的色调构画出长长的飘带，把人们带到幻想的境界，给人以美的感受。临摹的《雷神》（宇宙飞天）壁画，立体感非常强，突出了四方形和三角形的结合，很好地体现了犍陀罗文化之特征。

乐然在酒泉河西各族赛马大会上，结识了国民党河西警备区总司令陶峙岳。有一天晚上，他去拜访陶峙岳，遇见陶的秘书袁石安在为沙漠上遇难的蒙古族同胞写墓志。袁石安说："人生归宿在沙漠上，虽然一望无垠，可使胸襟开展，但举目言笑谁与欢？多么寂寞可怜！"乐然反驳说："沙漠是出英雄的泉源，骑着一匹好马，纵横奔驰，便有上天下地，唯我独尊的心理。这种天苍苍、野茫茫的原野，不仅你们南方少有，就是咱东北也少见。一个人安息在这样一个环境，灵魂是快活的。"他在日记上曾写过这样一段话："我要到沙漠去，看你跟踪到哪里！"这是上面一席话的最好注解，表达了乐然要摆脱国民党特务的监视，过自由自在生活的心愿。当然，国民党特务的严密监视，并没有完全割断他与革命者之间的联系。他多次去山丹培黎学校，与路易·艾黎促膝谈心；在武威秘密会见赵寿山同志，共商如何把赵寿山领导的杨虎城旧部带到革命队伍中去。

1946 年秋，乐然带着夫人及女儿、儿子，再一次去敦煌。他在国立敦煌艺术研究院作了题为《克孜尔壁画与敦煌壁画的关系》的学术报告，用亲自考察取得的成果指出：克孜尔的壁画虽然没有敦煌的多，但画的价值比它高，画的年代比它早。他强调，敦煌和克孜尔艺术的研究非常重要，应组织更多人去挖掘研究。

七、历史文物的卫士

乐然是"第一个研究克孜尔壁画的中国画家"（叶浅予语）。克孜尔位于新疆南部库车附近，是我国古代佛教与伊斯兰教文化的西部荟萃地。乐然在1946—1947年，两次去克孜尔考古挖掘、整理、研究，为保护国家文物做了大量开创性工作。在那动荡的年代，不畏风险，自筹资金，深入偏僻南疆，本身就是一个创举，何况又有新的发现。

1946年4月，乐然第一次进新疆。他乘路易·艾黎支援的汽车，长途跋涉到达迪化。他先到吐鲁番一带，去胜景台看唐代洞窟庙宇。那里残存的壁画，颜色依然鲜艳，图案的变化异于敦煌所见。再去哈拉和卓探访古高昌国遗址，在三堡组织人力挖墓，得墓志8块。墓志上刻有高昌的延昌、延和年号，还刻有唐代的贞观、乾封、咸亨、开耀、开元年号。随后又挖古墓4座，得木乃伊5具，除1具无头女尸外，1具是黑发黑须，3具是棕黄色毛发。但墓志全是汉字，用的是汉字年号和汉化的姓名。说明当时这里的居民，虽多为西域人，但疆域属于中国版图，文化属于中国文化的范畴。后到库车一带，去渭干河下游库木吐拉洞窟，考察初唐以前汉族僧侣的壁画作品。又去克孜尔千佛洞考察。这里是古代佛教的中心地之一。渭干河边绵延六七里的山崖上，约有300多个洞窟。洞窟中残存的壁画，其色彩之新、构图之精、画风之异，近于犍陀罗之风，但又有汉、波斯、希腊艺术风格的一些特点。他把这些作品，分为上、中、下三个时期，并与敦煌壁画作了比较。在总结这次考察时，他写道："总之，从这次短短的两个月古城巡礼、挖掘古墓、临摹洞庙壁画的工作中证明，新疆在古代东西文化交流史上应当占重要地位及汉族文化影响新疆人民的年代之久远。"这次南疆之行，乐然作画50余幅，拍摄照片500余张。并在迪化举办其第18次画展，回兰州举办其第19次画展，展出了南疆风土人情的写生画及库车附近洞窟的临摹画。

7月初，乐然返回迪化时，恰值国民党监察院院长于佑任来新疆监督新疆省政府官员宣誓仪式，得知乐然在西陲考古取得成果，就接见了乐然。几天后，于佑任去南疆视察，又邀请乐然同机前往，详细听取了南疆考古情况的介绍。于佑任对乐然的学识及奋斗精神非常佩服，但感到乐然自己力量单薄。为了支持他的考古工作，准备聘他为新疆监察使署的专门委员，但乐氏婉言谢绝了。

1947年3月，乐然第二次进新疆。他用卖画的钱，购置了必备的器材，再次远涉关山西行，随行的助手有赵宝骑、陈天、樊国强、陈必栋。4月中旬，到达南疆库车。在库木吐拉，他看到流失坍塌的洞窟和被外国人剥走的壁画残迹，心情特别沉重，在给友人的信中忧伤地写道："当日的圣境都一塌糊涂了，从远处流来的渭干河汩汩的悲鸣，像是在吊古伤感，我们也有些唏嘘了。"他还愤怒地写道："外国人不但偷走了壁画，并且将这里所有的汉字作有计划的破坏，存心想毁灭我国文化，好强调都是他们欧洲的文明，但是他们做的还不彻底，好多佛像的名称和故事的解说，

《从西安到晋南（通讯）》韩乐然，《反攻》杂志第五卷第六期、第六卷第一期合刊

《反攻》杂志第七卷第一期刊登韩乐然文《晋东南的"扫荡"战》图内文

都能看见模糊的汉字，画里的人物服饰也都是汉化的，他们怎能毁灭得了呢，中国文化总是中国的。"4月19日，到达克孜尔千佛洞。他在那里，一方面对已发掘的洞窟统一编号，另一方面继续寻找新的洞窟。共编了100多个洞号，其中有75个洞有壁画。有的洞高悬在绝壁上，无路可通，就建造木梯上，对于悬得更高的洞，则在岩石壁上凿出一级脚蹬，旁边栓上保险绳攀登上去。后来在沙堆上发掘一个新洞，洞内壁画保留完整，色彩鲜丽，风格异常清新。乐然欣喜若狂，不顾身体的劳累，发奋地临画，直到临完。这一次考察，还在没有画佛的洞窟里，发现了人体解剖图，这在中国美术史上具有重要意义。

后来乐然因所带的器材用完，决定回兰州补充材料，然后重返南疆。离开克孜尔之前，他在一洞窟的石壁上，留下了亲笔题记："余读德勒库克(Von-Lecog)著之新疆文化宝库及因斯坦因(Sir-Aurel Stein)著之西域考古记，知新疆蕴藏古代艺术品甚富，随有入疆之念。故于一九四六年六月五日，只身来此，观其壁画，琳琅满目，并均有高尚艺术价值，为我国各地洞窟所不及。可惜大部分墙皮被外国考古队剥走，实为文化上一大损失。余在此试临油画数幅，留居十四天，即晋关作充实准备。翌年四月十九日，携赵宝琦、陈天、樊国强、孙必栋，二次来此。首先编号，计正附号洞七十五座，而后分别临摹、研究、记录、摄影、挖掘，于六月十九日暂告段落。为使古代文化发扬光大，敬希参观诸君特别爱护保管！"

旁又有一则补记中写道：

最后于十三号洞下挖出一完整洞，计六天六十工，壁画新奇，编为特1号。

7号，乐然回到迪化，举办第20次，也是他生平最后一次画展。画展内容非常丰富，既有南疆少数民族风土人情的画卷，也有难得的克孜尔千佛洞临摹画，获得了西北各界人士的好评。

八、民族团结的模范

乐然是人民的画家，永远生活在人民群众之中，人民群众是他创作的源泉。他在公开发表的一篇文章中，明确表示："我始终朝着向伟大的自然和广大的人群学习之故，重视现实。"他不顾国民党当局"只许画风景静物，不许画劳苦大众"的禁令，热情讴歌西北各族人民的劳动生活。他创作的绘画艺术，是当时西北各族人民劳动生活的真实写照。他画了汉族工人在修筑天兰铁路，维吾尔族牧民在放牧，哈萨克族妇女在捻羊毛，藏族妇女在背水，蒙古族妇女在剪羊毛，回族农民在灌溉……乐然是无神论者，不相信有来世或天堂，但尊重少数民族的风俗习惯与宗教情感，尤其珍惜宗教文化中包含的艺术成果。他画过塔尔寺及其庙会，还画过清真寺和阿訇。他对解放前各族人民的穷苦生活和落后状态，表示了无限的同情，并寄希望于光明灿烂的未来。

乐然在西北多年，每到一处，都和那里的各族群众打成一片，关心他们的生活。第一次去克孜尔，发现当地维吾尔族群众缺医少药。第二次去克孜尔就买了许多药带去，为当地老百姓治病。两个多月来，共有200多位农民来就医，有的从几十里之外，步行或骑驴赶来看病。他一方面对症下药，另一方面又宣传卫生常识，教他们预防疾病。他在西北，也得到了各族人民的支持。乐然第二次到达克孜尔，维吾尔族老房东像见到久别的老朋友一样，把仅有的一间完整的住房腾给他住，自己一家则住到另一间没有房顶的屋子里。乐然知道后，立刻出钱让他买了木料，盖好了房顶。这一家房东老人，也是乐然考古挖掘的好向导。乐然一行在休息时，经常与维吾尔族聚集在一起，吹口琴、拉胡琴、唱歌、跳舞。当乐然一行离开时，维吾尔族农民依依不舍，一直把他们送到克孜尔镇。

在那动荡不安的年代，在错综复杂的民族关系中，乐然能与西部各族人民和睦相处，随时随地得到他们的友情与协助，是非常不容易的。对此，一位国民党上层人士非常佩服，曾感叹说："假使在新疆工作的人们，多有像他的态度，民族间纵有壕沟，也会把它填平。"

乐然在一篇文章中，曾阐述了他对治理新疆的一些看法，说："我以为新疆究竟要新疆人民治理建设。假如他们知识低落，那么新疆永远落后，他们也永远会容易被外来势力引诱，他们也永远不知道新疆是中国的一省。所以，新疆不但需要医药救治，而且更需要教育救治。"在当时国民党的报纸上，他不可能全面地发表自己的见解，但他反对外部势力，维护国家统一是非常坚定的。

1947年7月30日，韩乐然乘国民党257号军用飞机，离开迪化去兰州。但他没能到达兰州。亲人们在盼望团圆，朋友们在等待相会，但乐然没能到达兰州，他永远地消失了！8月6日的《甘肃民国日报》透露，军机于7月30日由迪化出发，中午到哈密后继续东飞，飞出两小时后与地面失去联系，后又传出，"因气候恶劣，在嘉峪关上空坠毁"。但此后没看到事故现场的报道，也没有看到任何一件遗物送还。当时许多人难以置信，现在许多人提出疑点，实在是历史上的谜。

乐然的不幸遇难，震动了西北各界，国内的各大报也相继报导。10月30日，西北各界人士在兰州举行追悼会，痛悼人民的艺术家韩乐然。乐然曾有过新疆考古五年计划，曾设想建立西北博物馆，珍藏丝绸之路上的艺术作品，但来不及实现就离开人间。他没有看到盼望已久的大西北的解放，他没有看到为之奋斗的新中国的诞生。

全国解放后，党和政府追认韩乐然为革命烈士，现他的135幅遗作被珍藏在中国美术馆。

1988年国家民族事务委员会为纪念韩乐然诞辰90周年，在北京民族宫举办了韩乐然遗作展览。

1990年在延边朝鲜族自治州举办了韩乐然遗作展。

1998年国家民族事务委员会为纪念韩乐然诞辰100周年，举办了《缅怀韩乐然》一书的首发式和座谈会，国家民族事务委员会、中国美术馆、延边朝鲜族自治州在中国革命博物馆共同举办韩乐然遗作展览。

1993年在中国美术馆举办韩乐然遗作展。

1993年和2005年在韩国首尔举办韩乐然遗作展。

2005年在纪念韩国光复60周年之际，为表彰韩乐然为韩国独立所作出的贡献，韩国总统卢武铉授予韩乐然大总统奖章和证书。

朝鲜民族和中国各族人民将永远怀念革命家、艺术家韩乐然同志。

纪念被遗忘的伟大艺术家

——韩乐然先生逝世六十周年

李光军

艺术家韩乐然（1989—1947）⁽¹⁾先生离开我们整整60周年了，深圳关山月美术馆为了纪念韩先生的革命生涯和艺术成就，特别投入大批研究人力物力资源来举办这一专题展览和学术研讨会，笔者对该学术活动的主办单位，深表敬意和佩服！这就是对遗忘多年的伟大艺术家最好的纪念。

20世纪80年代末之前的很多年来，在中国美术圈内和圈外，有许多人都不知道韩乐然这个人的名字，更不了解他的身世和他对中国现代美术史的历史贡献。国内关于韩乐然先生艺术方面的研究论文还处于空白。文化大革命十年浩劫之后，在研究中国共产党史和整理各地区建党史的过程中，党史研究学者们确定了韩乐然是1920年东北地区建党领导人的事实。同时，韩乐然是我国美术界早期留学法国之后回国工作的第一代"海归"，这一英年早逝而被遗忘的艺术天才逐渐浮出水面。

1898年12月8日出生于吉林省龙井村（今龙井市）的韩乐然，参加了1919年"三一三"龙井抗日示威游行⁽²⁾，为了躲避日本帝国主义的追捕流亡到十月革命胜利不久的苏联海参崴，1920年与许多朝鲜革命者一起去上海，参加了早期高丽共产党的建党⁽³⁾和流亡到上海成立的韩国临时政府的警卫工作等抗日救国运动。后来发现朝鲜革命者内部宗派斗争盛行，就是共产主义者之间也很不团结，对此大失所望，1923年韩乐然加入了中国共产党。同年3月，韩乐然考入中国最早的正规美术学院——上海美术专科学校西洋画系学习之后，1924年初去东北奉天创办了"奉天美术专科学校"。1925年末，在黑龙江省哈尔滨普育中学任美术教师，1928年末到齐齐哈尔的龙沙公园当了一段时间的监理。1929年秋，韩乐然经上海去法国留学，1931年入巴黎卢浮尔美术学院学习。留法期间游览欧洲创作作品，并举办过多次个展。1932年在巴黎与留法学习艺术的中国留学生共同发起成立"中国旅法艺术学会"。1937年11月回国参加了抗日救国运动，他用他出神入化的画笔当做反对日本帝国主义的锐利武器，创作了号召全国人民奋起抗战的宣传画。1940年不幸被国民党逮捕⁽⁴⁾，1943年初被假释出狱，在西北地区创作了大量的美术作品，举办了多次个人展览。抗战胜利前后他为丝绸之路上的敦煌和新疆克孜尔历史文化遗址的勘查和发掘、整理、保护，进行了开拓性的工作。1947年7月30日从新疆迪化（今乌鲁木齐）搭乘军机飞往兰州时因飞机失事而不幸遇难。

笔者考察，韩乐然生前不仅是画家，还是一位摄影家。1925年他就学会了摄影技术，还当过照相馆的"小老板"。在法国巴黎当过摄影记者，回国后参加抗战时，也没有离开过照相机。他以旺盛的精力创作了大量的美术摄影作品。遗憾的是他在上海美术专科学校学习期间的作品，在奉天基督教青年会展览过的作品，在哈尔滨任美术教师期间的作品，留法时为个人展览从国内带过去的作品，这些都没有寻找到。留法旅欧期间创作的绘画原作的收藏处和收藏者，在巴黎当摄影记者时拍摄的照片，回国后他拍摄的视察晋东南抗日前线时的照片，敦煌和新疆克孜尔的摄影资料，目前还无从查找。在西北地区创作的大量作品，举办近十次个人展作品的归宿，这都是今后研究韩乐然时，重点攻破的一道道难关。笔者保守地估计，韩乐然整个绘画和摄影作品的总数量应有2000件以上。

1953年，韩先生的夫人刘玉霞（1905—1988年）[5]女士把韩乐然用生命来创作的135幅作品慷慨地捐赠给中央人民政府。其中水彩画85幅（4幅是壁画临摹画），素描9幅，油画41幅（21幅是创作作品，20幅是壁画临摹作品）。85幅水彩画中敦煌和克孜尔壁画临摹画有4幅，创作的风俗画有81幅。在41幅油画作品中敦煌壁画临摹作品有3幅，克孜尔壁画临摹作品有17幅，风俗画21幅。在捐赠的作品中佛洞壁画临摹画共32幅，其中10幅是临摹敦煌的，剩余22幅都是临摹新疆克孜尔千佛洞壁画的作品。32幅壁画临摹作品中水彩画12幅，油画20幅。除此之外都是野外创作的水彩、油画作品和素描作品，例如青海省塔尔寺、甘肃省拉卜楞、兰州地区和甘肃省河西走廊、宝天铁路沿线、新疆天山南北的风景印象和人民生活的写生作品。首次接触韩乐然原作时以为他的遗作只有165幅左右，后来收集原始资料时又新发现子女处藏有33幅速写作品。可考察的还有他在留法期间创作的油画《凯旋门前的自画像》和水彩画《大海》等几幅原作之外的30多张在欧洲创作的作品的黑白照片，以及抗战时期发表的5幅抗日杂志封面画复印件，加上这些作品大约有250幅左右可以对上号。除几幅留法时期创作的作品原作之外，保存下来的作品都是1938—1947年在西北地区创作的。但这些宝贵的艺术作品，长时间被人遗忘，尘封多年，无人问津。

1988年12月6日—12日，由国家民委文宣司、延边朝鲜族自治州政府联合在北京民族文化宫主办的"韩乐然遗作展"，是韩先生逝世近40年之后第一次与观众见面的纪念展，但没有着手出版画册和论文集。到目前国内还没有正式出版过韩先生的个人作品集，只有他的几幅作品收录到了《中国现代美术全集　油画Ⅰ》[6]和《中国美术馆馆藏油画图录》[7]中，所以一般人根本不能了解和掌握韩乐然艺术世界的全貌。除1993年9月2日至12日在韩国首尔艺术殿堂第四展厅里展出的"丝绸之路上朝鲜族的魂——悲运的天才画家韩乐然遗作展"[8]图录中收录的69幅作品之外，想欣赏韩乐然的其他作品真是比登天还难。

1998年12月，为了纪念韩乐然诞生100周年，国家民委、延边朝鲜族自治州政府、中国美术馆、中国革命博物馆联合在中国

船靠岸

郊外一景

革命博物馆举行了又一次"韩乐然遗作展"的同时,由民族出版社出版了纪念文集《缅怀韩乐然》一书。这是国内正式出版纪念韩乐然的第一本出版物。

2001年笔者在韩国发表硕士学位论文时,虽已提到韩乐然的作品[9],但当时能够查到的资料寥寥无几,所以确实没有整理出韩乐然艺术世界的胆量。我内心十分崇敬我国美术界的革命先驱韩乐然先生,他为理想、为艺术献身的精神,永远激励着后人。韩先生早在1924年在笔者的出生地——沈阳市创办过美术学校,这也是缘分之一。2002年笔者攻读博士学位时,与指导教授商量之后,将毕业论文的选题定为《关于韩乐然生涯与艺术观研究》。

决定选题之后笔者多次从韩国飞回北京,开始收集论文资料,多次访问收藏韩乐然的135幅遗作的中国美术馆,申请查找韩乐然的其他收藏资料,但都没能如愿,能够查找的只是从中国历史博物馆移交到中国美术馆时制作的交接清单(即韩乐然属于现代画家,中国美术馆建成后的1963年10月8日至10日,利用3天时间将作品从中国历史博物馆转交中国美术馆时的清单)。

后来,通过韩国国立现代美术馆馆长金润洙的推荐,得到了中国美术馆的积极协助,终于获得了用数码相机拍摄的韩乐然的135幅遗作的图像资料,以此为第一手依据,重新分类制作了详细的作品目录。

笔者为了更完整地考察韩乐然的生平与作品,在收集资料的过程中,与居住在北京的韩乐然的女儿韩健立(1944年—)[10]和长子韩健行(1945年—)[11]多次见面,公开我的博士论文撰写计划,他们全力支持我撰写研究韩乐然生涯与艺术观的博士论文,同意把所有父亲遗作的原版底片和其他资料提供给我,我便把这些拿到韩国重新制作,装进CD盘中,还添加了遗属所保管的有关韩乐然的遗作展录像资料,苦战6个多月,最后终于完成了韩乐然遗作的系列电子文档。

完成电子文档后,再找写论文时需要参考的国内外资料就没有几篇了。其中一篇是权宁弼(1941年—)[12]教授最早在韩国发表的《韩乐然(1898—1947年)的生平和艺术——以韩·中绘画思想的地位为中心》(韩国学研究,第5集,1993年)小论文一篇;另一篇是延边艺术学院林茂雄(1930年—)[13]教授写的关于韩乐然的文章;还有一篇是韩国文化政策开发委员金龙范的《韩乐然研究叙说》[14]。除此之外,还有在中国发行的朝鲜文报刊中刊登的几篇报道文章。看过这些内容,发现有多处与事实不符,有的没有标明引用原文的出处和参考书目,有的没有考察韩乐然所处的历史背景,按现在的观点牵强附会。

笔者特别感谢收集韩乐然原始资料时,得到最早以中国共产党党史角度研究韩乐然的学者——中央党校崔龙水(1936年—)[15]教授的指点和帮助。这些指点和帮助为笔者研究韩乐然查找新资料起了很大的作用。于是,我来回奔波于延吉、龙井、上海、西安、延安、北京、沈阳、敦煌等地,收集到了韩乐然在上海美术专科学校学习期间的学籍卡、同学录、所学科目、新闻报道、杂志、著作等有助于研究那个时代历史背景的第一手珍贵资料。便将韩乐然留下的250余幅遗作一一检查、核对,把韩先生子女保管的资料,还有他们的谈话录音,韩乐然同年代美术家的著作和录音资料,恩师、同学、学生、家人的证言和回忆录以及后辈们写的相关文章等资料收集起来，首次编写了韩乐然的年谱，并且按年代分类，努力争取把变化之中的美术观从美学角度整理成章。与此同时，对与韩先生一起走过艺术之路的同年代的人物进行考察比较之外，还对被遗忘很长一个时期的韩乐然作出重新评价，通过分析他的作品和文章，进行整理论证，以他的艺术观为研究重点。

笔者的学位论文的第一部分是序论。第二部分是韩乐然的生平，将韩乐然的生平分成三个阶段：第一期为成长期（1898—1920年），从他出生到"三一"运动引发的龙井反日示威游行和早期参加高丽共产党时期；第二期为学习期（1921—1936年），上海美术专科学校、奉天美术专科学校、黑龙江任教时期、法国留学时期；第三期为创作活动期（1937-1947年），抗日战争和西北地区的创作活动及通过敦煌和新疆克孜尔壁画的临摹抢救等一系列对考古学的贡献为中心分析了韩乐然的生平业绩。第三部分是韩乐然的艺术世界。第四部分是结论。另外，附了参考文献和参考图版，并编写了韩乐然年谱、韩乐然踪迹图。

2004年12月，笔者经过两年多的艰苦努力，终于完成了请求文学博士学位的《关于韩乐然生涯与艺术观研究》这篇论文，在韩国圆光大学研究生院发表，五位校内外专家博士评委都给打了很高的分数，顺利地获得了通过。

2005年8月15日，大韩民国政府宣布韩乐然为韩国独立有功之臣，认定他在1920年初，在上海韩国临时政府警卫队为民族独立作出的贡献，由卢武铉总统授予勋章给其长子韩健行。

韩国国立现代美术馆金润洙馆长是一位资深美术评论家，非常关切笔者学位论文的通过，非常崇敬兼备革命家、艺术家资历的韩乐然。便决定作为纪念韩国光复60周年，于2005年8月30日—10月30日与中国美术馆共同在韩国的国立德寿宫美术馆举办"中国朝鲜族画家韩乐然特别展"，中国美术馆领导特别重视历史上第一次由中韩两国国家美术馆联合举行的这一展览，将撰写韩乐然的专题论文的任务交给研究部原主任、美术评论家刘曦林研究员来完成，《血染丹青路——韩乐然的艺术里程与艺术特色》最先发表在2005年的《中国美术馆》月刊上。国内学者对韩乐然的理论研究从此而开始。

笔者为什么称韩乐然先生为被遗忘的伟大艺术家？其原因我看有如下几点：

一、研究中共党史方面的专家认为韩先生是最早加入中共的中国美术家（入党时间为1923年），很长一段时间他所从事的事业是秘密战线上的反帝抗日工作以及统一战线上的工作，远离了中国美术圈的中心，几乎是孤军奋战。很多事情已经成为永远的秘密。

二、韩乐然作为民国时期活动的艺术家，没有机会参加民国时期仅有三届的全国美术作品展览。1929年4月在上海举办"第一届全国美术展"时，作为中共地下党重要成员的韩先生正在黑龙江省府齐齐哈尔躲避反动当局的追捕。1937年4月在南京举办"第二届全国美术展"时，他正在法国参加国际反法西斯斗争。1942年12月在重庆举办"第三届全国美术展"时，他正被囚于西安国民党监狱。国民党政权濒临倒闭的1947年他就以49岁年轻的生命过早地离世，之后不久诞生的新中国需要较长时间巩固执政地位的过程，短时间内还顾不了给予在西北地区单枪匹马地进行艰难的统战工作和考古方面取得重大发现的韩乐然应有的正确评价。

暴风雨后

海湾之二

塞纳河的早晨

三、国内美术史界的研究专家普遍倾向于研究在世的成名艺术家，相对地忽视对已故艺术家和作品的研究。

四、国家对已故艺术家的专题研究重视不够，投入研究经费不足。

研究和整理韩乐然艺术成就，不仅是中国美术界义不容辞的责任，已经超越国界引起了韩国、朝鲜的重视。韩国 KBS 广播公社和国立现代美术馆先后两次主办过韩乐然作品展，都出版过画册。朝鲜的金日成主席生前出版的回忆录中提到过韩乐然为革命艺术家，1999 年由朝鲜文学艺术出版社出版的《朝鲜历代美术家编览》中，详细地收录了韩乐然的艺术业绩。

探究韩乐然的身世，韩先生的先代是从朝鲜移居中国的，他是出生于中国的朝鲜族人，换句话说韩先生是朝（韩）裔中国人。所以朝鲜人还是韩国人都出于民族情结，把韩乐然当成自己国家伟大的艺术家，正如我们将美国籍华裔获得诺贝尔奖的著名科学家当成华侨—华人—中国人一样。伟大的艺术家无论是哪个国家的人，这并不重要，他对亚洲文化艺术乃至世界文化艺术的贡献度如何更为重要。理念、宗教、艺术应该是超出狭隘国界的。被遗忘多年的伟大艺术家韩乐然的研究，今后不仅是在中国大地，走出亚洲和欧洲，还会继续。我们期待着这一天的到来。这就是对韩先生的最好纪念。

韩国著名美术评论家、韩国国立现代美术馆馆长金润洙说"兼备艺术家与革命家身份的人在世界上也是很难找到的。特别是对少数民族热爱，以少数民族为对象来进行创作的艺术作品应给予高度的评价。在欣赏其留下的艺术作品的纯粹艺术性和欣赏其抗日革命家的形象时，他所给人的感觉，其他艺术家是无法与其相提并论的"。笔者完全赞同这一定论。

1870—1871 年狮身雕像

巴黎协和广场

注释：

(1) 韩乐然的本籍是清州韩氏，他的先代从朝鲜咸镜北道移居间岛（现延边地区）。韩乐然，名光宇，又叫韩幸之，幼名允化，法国留学时期曾用名韩素功。历经建国前的战乱和建国后的多次政治运动，个人珍藏的族谱家谱几乎都已消失，有关资料难于查找。

(2) 1919 年"三一三"龙井抗日示威游行是指为声援朝鲜"三一"独立运动，3 万名群众在龙井举行了声势浩大的反日示威游行。

(3) 1926 年 11 月根据奉天省长公署为发现《哈尔滨日报》主笔穆绍武等人是"赤党"的内部函中记载："查粤党赤党委韩光宇往哈阜，今穆绍武等必系与韩同党。韩乃朝鲜独立党魁，近年冒吉林籍，曾在奉天办美术学校，字乐然，今春至哈往青年会。"（崔龙水、盛成，《缅怀韩乐然》，民族出版社，北京，1998 年，参考第 326 页）

(4) 1936 年以西安事变为契机国共两党形成了抗日统一战线，1939 年冬，随着国民党第一次反攻高潮的掀起，国共两党的关系紧张起来。身为国民党少将的韩乐然往来于国民党和 93 军之间，因有人密告韩乐然的中共党员身份被国民党逮捕。

(5) 刘玉霞：出生于广东省台山县，1925 年考入南京金陵女子大学生物学系，1929 年毕业后在 YWCA 全国协会当乡村部干事，对农村妇女和儿童进行文化、卫生、爱国主义教育。1934 年经 YWCA 全国协会的推荐到美

李光军 2004 年博士论文《韩乐然的生涯和艺术观》

国的哥伦比亚大学社会学系留学，1935年拿到硕士学位回国继续原来的工作，并积极参加了抗日爱国活动。上海八一三事变后经上海难民救济委员会的委托开办了难民收容所，并全力救助难民。1938年YWCA全国协会转移到武汉成立了战地服务团，刘玉霞参加此团并投入到了抗日战线中。1939年9月与韩乐然在重庆结婚，1944年跟着丈夫到了西北地区协助国民党上层和高级将领之间的联络工作。他们生了女儿韩健立和长子韩健行。

(6)《中国现代美术全集 油画1》，天津人民美术出版社，1997年，第178—183页，共6幅，只有2幅标明了作品名、尺寸、制作年度，其他4幅都标明不详。

(7)《中国美术馆馆藏油画图录》，天津人民美术出版社，1998年，第143—144页，共8幅。

(8) KBS文化事业团和中国美术馆共同主办，由韩国广播公司、文化体育部、中国文化部、驻韩国大使馆、韩国美术协会协助，半岛时装赞助，是韩乐然去世后首次举行的大型海外展览会。

(9)《关于中国西洋油画的引进和发展研究》，圆光大学研究生院硕士学位毕业论文，2000年，第27页。

(10) 韩健立：1944年4月14日出生在四川省。1945年跟随父母移居西北。1950年搬到北京，毕业于慈幼院小学和北京女子12中学。1962—1967年就读于北京林业大学，毕业后到河北省一家化学肥料工厂当工人、化验员。1973年在北京燕山石油化学总公司做化学工厂的检验员。1984年在北京理化检测中心当业务科长。1986年至1998年退休前在外国企业当技术部长、首席代表、北京山水公司总经理等职务。现在居住北京。

(11) 韩健行：1945年6月11日出生在甘肃省兰州。1964毕业于北京师范学院体育系，毕业后在海淀区某中学当体育老师。1991年在中国国家体育委员会山河中国体育杂志社广告部任科长、副部长、部长职。现任中国国家体育总局山河中国体育新闻业总公司山河大型企划中心副主任，居住北京。

(12) 权宁弼：1990年开始探索国际丝绸之路（联合国教科文组织主管），之后数次探索中亚。有关美术著作《中亚美术》(Britannica 韩国语版)，《中亚美术概论》(国立中央博物馆)，《敦煌之风》(岭南大学)，《中亚绘画》(原著M.Bussagli)，《敦煌鸣沙山石窟》(原著R.Whitfield)，《丝绸之路之美术》(悦话堂)，《美的想象力和美术史学》(文艺出版社) 等。

(13) 林茂雄：1930年出生，毕业于鲁迅美术学院，中国朝鲜民族的美术教育家、理论家，中国美术家协会会员。他的著作有《中国朝鲜民族美术史》、《视觉和语言》等。

(14) 金龙范，《韩乐然研究叙说》，韩国《民族学研究》，论文集，第二集。

(15) 崔龙水：出生于辽宁省新宾县。1962年毕业于北京大学哲学系，毕业后1978年6月在中共中央党校当讲师，1985年开始任中共中央党校科学研究处长，1990年成为教授，1999年正式退休。在东方哲学史研究中写了10多篇有关李退溪、李栗谷的论文，还有《朝鲜独立战争史研究》、《三一运动和五四运动的比较》、《周恩来和朝鲜革命者》等论文，还对尹奉吉、金佐镇、周文彬、杨林、李铁夫、韩乐然等进行过研究。协助韩国MBC拍摄了《阿里郎之歌》，把金山介绍到《中央日报》，兼北京大学教授，现居住北京。

探寻中国传统艺术之根
——韩乐然对克孜尔壁画的临摹与研究

赵声良

1946年4月中旬，韩乐然到了乌鲁木齐（当时叫迪化），开始了对新疆的考察，他先在吐鲁番一带进行考察，于5月下旬到了库车，开始对克孜尔石窟等地进行考察和临摹工作。第二年，韩乐然再次到新疆克孜尔等地考察，在两次赴新疆的旅途中，他除了描绘大量的人物风情写生作品，还进行考古发掘和壁画临摹。

也就在他考察新疆的前后，还两次到敦煌莫高窟进行壁画临摹。1945年10月，韩乐然第一次到敦煌，作了短暂考察。1946年10月，韩乐然携夫人和儿女第二次到敦煌，住了十多天，临摹了不少壁画，并受常书鸿先生的邀请，在敦煌艺术研究所作了《克孜尔千佛洞壁画特点和挖掘经过》的报告。后来常书鸿在《怀念画家韩乐然同志》[1]一文中回顾了这些难忘的经历，十分怀念与韩乐然的友谊。应该说常书鸿与韩乐然，这两个画家有很多共同点。在20世纪20年代末到30年代中期，常书鸿在法国留学时，韩乐然也于1929年到了法国学习油画。他们都在法国留学较长时间，充分学习和掌握了西方绘画的真髓。又都在抗日战争全面爆发前后，先后回到了祖国，而回国之后，虽然两人有着不同的经历，但后来又都把注意力集中到了西北的石窟艺术。

两个学西画，而且都是颇有功力的画家，为什么在回国后都不约而同地关注着中国西部的石窟壁画艺术呢？是什么东西吸引着他们？

从现存韩乐然的遗作来看，新疆和敦煌壁画的临摹品共有36件，在全部200多幅作品中似乎所占比例不大[2]，但如果注意到他的人物、风景作品，大部分都是表现西北的地方和民族风情这些主题，就可以看到韩乐然的艺术，正是在努力表现着两个主题：一个是长期以来被遗忘了的中国传统文化；一个是西北地区淳厚的民风。他曾经有新疆考古的五年计划和建立西北博物馆的宏伟设想。所以他两次到新疆，对克孜尔等石窟进行了艰苦的考古调查工作，并临摹了不少壁画，为新疆的考古和中国文化艺术的振兴作出了不可磨灭的贡献。由于韩乐然的突然遇难，而他所整理、记录的大量资料也同时损失。他的调查研究成果世人不得而知。但是，他为我们留下了200多幅作品，为我们展示了他的艺术成果与艺术思考。

从1946—1947年韩乐然发表的文章中可以看出，最初韩乐

克孜尔第80窟正壁 菩萨

克孜尔第38窟 大光明王本生

然到新疆，本来是为了画边境人民的生活，为艺术创作提供素材，但是到了新疆，他禁不住大量古代艺术的诱惑，开始投身到对古代艺术的考古和临摹工作中来。(3)

实际上，在欧洲的时候，他一定对一些帝国主义国家的探险家对新疆等地的盗掘与劫掠情形有不少了解。这一点从他在克孜尔石窟中留下的题记中就可以看出，他在题记中说："余读德勒库克(Von-Lecoq)著之新疆文化宝库及因斯坦因(Sir-Aurel Stein)著之西域考古记，知新疆蕴藏古代艺术品甚富，随有入新之念。"(4)至少说明了韩乐然在欧洲期间已经读过了德国人勒库克的《新疆文化宝库》和因斯坦因的《西域考古记》这两本书，看到欧洲的探险家在中国掠走的宝物，作为一个中国人，将充满怎样的痛切之心，是可以想象的。同样是画家的常书鸿当年正是在法国看到了伯希和从敦煌盗走的大量古代绘画，而激起了强烈的爱国之心，从而决定到敦煌进行艺术考察和研究工作的(5)。另一位著名画家滕固在30年代曾在柏林游学，后来在《西陲的艺术》一文中写道：

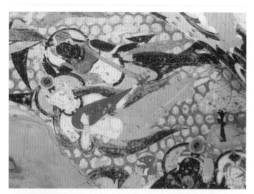

克孜尔第8窟前壁　飞天

> 西陲的探险，严格地说，自前世纪末至今世纪，凡四五十年之中，俄国、英国、德国、法国及日本，屡次派队前往，掠取珍贵的文物而畀归于其国家。虽然凭借他们的这种壮举，使我们对西陲的认识，日益增加光明，但我们反省起来，真觉得奇耻大辱。第一，在我们的版图内的边徼要地，为什么让他们任意角逐？第二，这种学术的探险工作，我们为什么不抢先去做？我们可以从酣梦中醒过来了，我们应该赶上前去，洗雪这被侮辱的奇耻。(6)

说明那个时代留学欧洲的中国画家们对传统文化的感情，是有着类似的思想基础。而在那样的时代，真正身体力行，冒着各种艰难险阻而到西北去的，依然只是为数极少的人。韩乐然就是其中的人物之一。在韩乐然留下的为数十分有限的文字记录中，我们仍然可以看出他对外国人从新疆石窟盗走壁画是充满了愤恨，而对壁画中体现出的中国文化精神充满了自豪之感。

他在《克孜尔考古记》中写道：

克孜尔第118窟窟顶　禅僧像

> 不要说在我国，就是在世界上也难找到像这样的佛洞，洞的多延长了几个山，据我们整理编号的结果，总计有画的75个洞，按照数目当然是没有敦煌多，但是画的价值比它高，画的年代比它早，这些画总在两千年左右，在那个时候，他们已注意到光的表现和透视，最完美的就是他们人体的描画不唯精确，而且美，有几个没画佛的画洞里，上面绘有人体解剖图，骨骼的、肌肉的都有，看样子像传授似的，可证明当时画画的人不是普通的画匠，而是有思想有训练的信徒们，所以在每幅画上都能笔笔传神，并且能表现他们的宗教思想和哲学基础，这些作品是有着高尚价值的。(7)

韩乐然正是在这种强烈的爱国主义精神与民族自豪感的支持下，在极其艰苦的条件下开始了对克孜尔石窟的调查研究与临摹工作。首先是对石窟的编号，虽然德国人勒库克在克孜尔石窟做了很多考察，但是他们没有进行过科学的编号，而是根据洞窟壁画中出现的一些有特征的形象来给洞窟命名，如壁画中有画家的形象，就命名为"画家窟"，壁画中有伎乐形象者就命名为"音乐家窟"等。作为中国的学者，韩乐然是第一个给克孜尔石窟编号的，他编的窟号有75个（他主要是对有壁画内容的洞窟编号，与现在的考古编号不同），在他第二次到克孜尔石窟时，又从原编号第13号窟下面发掘出一个洞窟。编号以后，他有计划地对这些洞

克孜尔第118窟窟顶　乐伎

窟进行临摹和研究工作，包括记录、摄影和挖掘。并在洞窟（现编号第10窟）中留下了文字题记，希望后来参观的人们对石窟多加爱护保管。

韩乐然在新疆做了大量的考古研究和壁画临摹工作，积累了很多第一手资料，可惜的是，对克孜尔石窟所做的考古记录没有流传下来，这一段艰苦创业的成果没能得以发扬光大。他留下的壁画临摹品，就成为我们认识和了解韩乐然艺术追求和成就的重要资料。

在韩乐然简略记述的文章中，可以看到克孜尔壁画首先引起他的注意的，一是人体解剖的精确，一是色彩的灿烂。这些问题，在那个时代，无疑是受过欧洲美术教育的人首先会意识到的。因为在当时的很多人看来，中国画都是不讲究人体解剖的，不善于表现色彩的。所以，当他们从欧洲回来，看到了壁画中这样丰富的表现人物，表现色彩的作品，心中将是何等地激动。这一点从韩乐然的临摹品中同样可以感受到。

韩乐然克孜尔壁画临摹品中，一个重要的特点就是他喜欢选取那能够完整地表现人体结构的画面，特别是通过晕染法表现出人体的立体感的那些形象。如他临摹的第80窟《菩萨》，前面（右侧）的菩萨上身半裸，双手合十，下身虽穿长裙，但裙子薄而透明，衣纹贴体，整个身体结构都显露出来，除了身上的璎珞和飘带外，几乎可以看做是裸体的形象。而壁画中表现出的西域式晕染法，把身体自然的结构完美地表现出来。后面一持花的菩萨虽然有完整的衣饰，但也是衣纹贴体，人体结构也清楚地展现出来。对照原壁的壁画，韩乐然显然有意在强调身体的特征，在菩萨半透明的裙子下展示的腿部，从色彩上与上半身联系在一起，这种有别于欧洲传统的裸体形象，却同样反映了人体艺术之美。同时，画家还在提醒我们不能忘记这些壁画人物形象中，同样有类似欧洲传统绘画那种表现体积感、体量感的精神。这在另外几幅表现佛和菩萨形象的画面中我们也可以看到。如《树下佛像》（窟号不详），表现的是在树下思维的佛像，佛的左手扶在右肘上，右手仿佛正要抚摸头部，这预示着一个小小动作的瞬间，更使画面充满宁静的情调。而在凝静的气氛中，佛像浑圆的身体，两臂以及袈裟下露出的双腿都充满着一种量感。类似的表现，在《比丘像》和《菩萨立像》等临摹品中同样可以见到。

克孜尔壁画灿烂的色彩也是韩乐然十分喜爱并努力表现的一个方面。他以油画细腻的表现力临摹那些色彩丰富的壁画，从中我们不难体会到画家对色彩的感受力。如《骑像人物与猴子献果》（第38窟），在以绿色调为主的画面中，描绘的是两个故事：大光明王本生和猴子献果[8]。在原壁上这两个故事没有紧靠在一起，但画家从画面设计考虑，把两者组合在一起了。特别是画面左侧深绿色背景象征着山与树的风景，远处的浅绿的底色中还有两只孔雀，好像是在草地上自由地漫步。画家表现出色彩的不同层次变化，使画面充满了生机。这一点在第8窟《飞天》和第67窟《菩萨像》中也同样体现出来，第8窟的《飞天》，原壁本来也是色彩明亮而灿烂的，在韩乐然的笔下，不拘泥于细部刻画，而把着眼点放在色彩的丰富性以及由此而产生的无限活力上，使之表现得更为充分。

莫高窟第257窟南壁 受戒

莫高窟第257窟南壁 乞食

莫高窟第257窟西壁 迎佛图

《禅僧与乐伎》这幅临摹品，是对克孜尔石窟第118窟壁画进行重新组合而临摹的。画面中主要的三个要素：抓着猴子的老鹰、弹奏琵琶的乐伎、在山中坐禅的僧人，三者本来不是紧靠在一起的，但画家巧妙地把三者组合在一起，同时，在乐伎上部右侧方形池水中长出的一棵树和左侧圆形水池畔的两只小鸟，都分别从不同的地方移植过来。沉着的赭色和棕黄色，具有古朴和稳定的气氛，其中又有明亮的绿色和白色，使画面充满了音乐感，表现出一种浪漫的情调。

对色彩的重视，在对敦煌壁画的临摹品中同样体现出来。韩乐然在敦煌的时间并不多，不可能临摹很多作品，他选择了北魏第257窟的《沙弥守戒自杀故事》中的"受戒"和"乞食"两个场面(9)，以及须摩提女因缘故事中"迎佛"的场面(10)。这几个画面都是以土红为底色，画面庄严，气氛隆重。韩乐然的临摹品强调了这种厚重而庄严的色彩感。

对人物形象的追求还表现在对充满动态的飞天等形象的表现。飞天的特点在于轻快的飞动的精神，体现着中国传统艺术的线条美。这一点并非油画的特长，所以，韩乐然较多地采用轻快的水彩来表现飞天。克孜尔石窟的飞天主要临摹的是第196窟壁画上的，这些飞天或手持乐器在演奏，或托果盘而飞翔，造型简练，体态生动。而敦煌壁画中的飞天则往往拖着长长的飘带，体态柔美，婀娜多姿。画家充分掌握这两类飞天的特性，对敦煌壁画中的飞天，强调其身姿、衣服与飘带形成的线条之美，用色也鲜艳而明净。如第321窟初唐时期的飞天，画家临摹了两幅，说明对这幅飞天有着浓厚的兴趣。壁画中的原作，飞天身体由于变色的原因大都变黑，但深蓝色的底色中衬托着飞天白色的长裙和蓝绿色相间的飘带，依然显示着初唐绘画那种绚丽而轻快的风格。画家正是充分把握了这一精神，以明亮的色彩，流丽的线条反映出这个飞天的艺术特点。另外，他临摹的北魏第251窟的飞天，表现出北魏时期那种动态强烈而充满力感的特色；第435窟弹奏琵琶的飞天，则表现出西魏时期体态轻秀，造型单纯而富于装饰性的特点；第290窟的两身伎乐飞天，则反映出北周到隋代飞天身体轻巧而又动感较强的风格等。这些都充分说明了韩乐然对不同时期飞天艺术从精神本质上的把握。

20世纪以来，中国的美术发展是在矛盾与冲突中艰难地前进的。中国传统艺术的真髓在哪里？中国现代艺术向哪里发展？民族艺术的精神是什么？这些时代特有的问题无边无际。在艰苦的探索中，一些有识之士终于从西北的敦煌、新疆等地看到了其中蕴藏着的深厚的文化艺术内涵，不论是专学国画的张大千，还是留学欧洲的常书鸿、韩乐然，以及王子云、关山月等，他们都殊途同归，走向了西北，从中发现了中国传统艺术的一个广阔的天地。

作为时代的先驱者，韩乐然独自到新疆考古，认识到了"新疆在古代东西文化交流史上应当占重要的地位及汉族文化影响新疆人民的年代之久远"。他大声疾呼"为了证明人类文化及东西文化的交流史和写一部正确的新疆史，希望全国上下，文化界应当注意尽早实现有计划的、大规模考古工作的展开"。(11)与此同时，他还为我们留下了数十幅壁画临摹品，从一定程度上反映了他对克孜尔和敦煌壁画的理解和认识。他注意到了新疆壁画在光

克孜尔第196窟窟顶　飞天

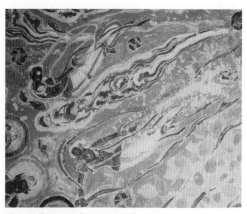

莫高窟第321窟龛顶　飞天

和色彩的表现，人体艺术的表现上的重要意义，在他的一些文章中强调了这一点，同时也以他的临摹品表现了这些特点，为龟兹石窟艺术的研究工作开了先河。常书鸿在文章中除了赞扬韩乐然"纯熟洗练的水彩画技法，已达到了炉火纯青的程度"，还提到了"他的工作成绩，为研究敦煌艺术作出了可贵的贡献"。(12)这里所说的"贡献"，就是指韩乐然在克孜尔石窟的调查研究工作，对敦煌石窟的研究具有重要的借鉴意义。

莫高窟第435窟窟顶　飞天

注释：

(1) 常书鸿《怀念画家韩乐然同志》，《社会科学战线》1982年第4期。

(2) 据刘曦林《血染丹青路——韩乐然的艺术里程与艺术特色》（《石破天惊——敦煌的发现与20世纪中国美术史观的变化和美术语言的发展专题展》，广西美术出版社，2005年9月）的统计，韩乐然作品共有219件（中国美术馆藏135件，家藏84件），其中克孜尔石窟壁画和敦煌壁画临摹品共36件。

(3) 韩乐然《新疆文化宝库之新发现——古高昌龟兹艺术探古记（一）》，《缅怀韩乐然》，民族出版社，1998年11月。

(4) 此题记见于克孜尔第10窟。

(5) 常书鸿《九十春秋——敦煌五十年》，浙江大学出版社，1994年4月。

(6) 晁华山《二十世纪德人对克孜尔石窟的考察及尔后的研究》，《中国石窟　克孜尔石窟》第三卷，文物出版社，1997年12月。

(7) 韩乐然《克孜尔考古记》，《缅怀韩乐然》，民族出版社，1998年11月。

(8) "大光明王本生"故事内容是：大光明王得一友雄象，令象师训象，象师调教后，国王试乘。此时，雄象见母象便狂奔不止，王急抓树枝才免于难。国王怒责象师，象师说，他只能调象之身，而不能调象之心，唯有佛才能调一切众生之心。国王感悟，开始礼佛。参见姚士宏《克孜尔石窟本生故事画的题材种类》（《敦煌研究》1987年第4期）。"猴子献果"讲的是佛在说法时，猕猴要走了佛弟子的钵，蹦蹦跳跳到树林中去，不久端来了一钵蜂蜜，献与佛，佛令猕猴去除污物，然后调水，让众弟子饮用。参见《中国石窟　克孜尔石窟》第二卷，文物出版社，1996年6月。

(9) 沙弥守戒自杀故事内容是：一小沙弥剃度出家，师父教之各种戒律（受戒）。一日，沙弥到一长者家乞食，长者家人出门，家中仅有一年轻美貌的少女，少女见小沙弥心生爱慕，便将沙弥留于室内，向沙弥求爱。沙弥拒之不能，难以解脱，为保持戒律而自杀。参见《中国石窟　敦煌莫高窟》（第一卷）图版说明，文物出版社，1982年12月。

(10) 须摩提女请佛故事内容是：须摩提女一心向佛，但家中亲人及周围的人不能理解，为了向人们证明佛的威力，焚香请佛，于是佛与弟子降临，显示神通。满城的人们都皈依佛门。参见《中国石窟　敦煌莫高窟》（第一卷）图版说明，文物出版社，1982年12月。

(11) 韩乐然《新疆文化宝库之新发现——古高昌龟兹艺术探古记（二）》，《缅怀韩乐然》，民族出版社，1998年11月。

(12) 常书鸿《怀念画家韩乐然同志》，《社会科学战线》1982年第4期。

插图目录：

[说明：引用的韩乐然临摹作品，题目都有所变化，故在题下注明原有题目，以便查找。]

（1）韩乐然临摹　菩萨（克孜尔第80窟）

　　　原题：菩萨像（克孜尔石窟壁画摹写图）　油画　1946年

（2）克孜尔第38窟　大光明王本生

（3）克孜尔第8窟前壁　飞天

（4）克孜尔第118窟窟顶　禅僧像

（5）克孜尔第118窟窟顶　乐伎

（6）韩乐然临摹　受戒（莫高窟第257窟）

　　　原题：削发（敦煌石窟257号壁画摹写图[沙弥守戒自杀品]）

（7）韩乐然临摹　乞食（莫高窟第257窟）

　　　原题：乞食（敦煌石窟257号　壁画摹写图）

（8）韩乐然临摹　迎佛图（莫高窟第257窟）

　　　原题：成佛（敦煌257号　壁画摹写图）油画　1946年

（9）克孜尔第196窟窟顶　飞天

（10）韩乐然临摹　飞天（莫高窟第321窟）

　　　原题：敦煌莫高窟126洞唐飞天临摹之二　水彩　1946年

（11）韩乐然临摹　飞天（莫高窟第435窟）

　　　原题：敦煌莫高窟216洞魏飞天　水彩　1946年

我的父亲韩乐然

韩健立

我的父亲韩乐然在隐蔽战线上为民族和国家独立奋斗了一生，在他绘画考古艺术鼎盛时期——解放战争时期遇难。他过早地去世，使得他传奇丰富一生的许多事情连同他积极活跃的躯体一起埋葬在祁连山……对于他革命一生的研究，正如他的老战友苏子元所说："韩乐然同志是一名无名英雄，在那艰苦的年代，为党和人民做了大量工作，许多工作都是具有开拓性意义，但由于秘密工作的特殊性，不被广大人民群众所熟知……"现在熟知他片断的人几乎都已作古。中共中央党校崔龙水教授和搞党史研究的同志在一点点挖掘，崔教授已在1998年编写了《缅怀韩乐然》一书。韩乐然一生还创作了大量的绘画艺术作品，我的母亲刘玉霞虽经颠沛流离，在非常困难的情况下保留了200多幅油画、水彩画、速写绘画作品，1953年她毫无保留地将135幅油画、水彩画精品无偿捐献给了国家，现在中国美术馆永久保藏。他去世时我只有3岁，我的弟弟只有2岁。今天我主要试从他成长的社会和家庭背景，查阅到的部分他在1944—1947年办展览和活动的追踪报纸报道，和母亲、他的同学、绘画考古的知音、亲朋好友的讲述，及一些研究文章，来揭示韩乐然的艺术生涯。他的艺术活动和革命活动分不开，故有些地方叙述兼而有之。

旅法艺术家合影。左起：常书鸿、王临乙、陈士文、曾竹昭、吕斯百、韩乐然

一、成长的社会和家庭环境

1898年12月8日，韩乐然（曾用名：韩光宇、韩幸之、韩素功等）出生。

他成长的年代正是日本帝国主义侵占朝鲜，又进而占领了我国延边。19世纪中叶，朝鲜连年受灾，不堪忍受李朝封建统治压迫，尤其不堪忍受日本帝国主义殖民统治压迫，为了寻求生路，一批批朝鲜人从山水相连隔江相望的中朝边境越境到中国。朝鲜边民由初期越境"朝耕暮归"的白日垦荒发展到"春来秋去"的跨季留居，再到后来携眷造舍常年定居。1886年前后，我的祖父辈和一些朝鲜人首批迁入龙井。龙井地处中国、朝鲜、苏联边境的三角地带。清政府还把图门江以北长约700多里、宽约四五十里的地方划为"朝鲜族专垦区"，又设"专垦局"专管朝鲜族的垦务，方便了朝鲜族移民开荒种地。1898年12月8日他就诞生在龙井县（现龙井市）一个朝鲜族贫苦农民的家中。1900年朝鲜族农民在龙井东北部的瑞甸平原和龙井南部的大教洞试种水稻成功，由此种稻技术逐渐普及到延边各处，水稻成了延边人民赖以食用的主食，也使朝鲜族人民在此安定下来。 1905年，日本又强迫朝鲜签订"乙己保护条约"，将朝鲜变成日本所谓的保护国，朝鲜沦亡了。国亡家破的农民纷纷悲愤地背井离乡，北赴中国东三省。龙井逐渐成了延边朝鲜族社会的中心地。1907年 8月，日本悍然派宪兵队到龙井设立伪"统监府间岛派出所"，推行"都社长制"，无视清朝在延边的行政机构。1909年9月，日本侵略者强迫清政府签订"图门江中韩界条款"，即"间岛协约"。日本在延边设领权、设警权和对朝鲜族人民所谓的"领事裁判权"，对朝鲜族人实行奴化教育，在校学生除用中文、朝鲜文，还必须学日语。这些激起朝鲜族人民的义愤。为摆脱日本的统治，朝鲜族人民不断开展各种反日活动。其中1906年朝鲜族反日志士李相卨在龙井创办反日私立学校——瑞甸书塾，实行民族主义教育和反日教育，韩乐然就是在龙井瑞甸书塾读书。朝鲜族反日私立学校像雨后春笋般地建立起来，很快遍布全延边。这些私立学校成为培养反日人才的摇篮和开展反日斗争的舆论阵地、行动中心。[1]他从小"目睹国土被割裂，同胞之被蹂躏，无不痛心疾首"，对日本帝国主义产生极大的仇恨，不甘心做亡国奴。他树立了"为国家之独立，民族之生存，不惜牺牲生命和财产，要与倭寇作殊死之战"的决心。[2]他积极参加了1919年3月13日在延边爆发的反日"三一三"运动，连夜画了大量的象征朝鲜独立的"太极旗"分发给各校。第二天游行时挥舞小旗的朝鲜族人高喊反日口号，引起了日本人的恐慌。"三一三"运动被镇压后，日本人到处抓他，他被迫离家到苏联寻求革命真理。1920年他和在苏联的一些朝鲜革命者到了上海，参加朝鲜临时政府在上海的独立运动。1922年和蔡和森结识，1923年参加中国共产党，他为民族和国家独立，为世界和平奋斗了一生。[3]

韩乐然从小就对绘画产生了浓厚的兴趣。在上小学时，下了课别的孩子玩耍，但他一下课就跑回家帮做一些农务和家务，然后就画画。他见什么就画什么，想到什么就画什么，同学、老师、牛车、小河、花草、大树……都是他绘画的对象，他画村中的风景，他画学校上课的情景……天黑了，他就在油灯下画。他的父亲开始很高兴地看他画，只是有时嫌他画得太晚费灯油。后来见他着了迷似地画画，就不断地说："画画有什么用，将来画画不能出庄稼，不能当饭吃。"不许他画画。为了避免和父亲的冲突，他常常跑到村外的坟地去画，那里清净，没人干涉。没有纸，他就把大地作为纸在沙土地上画。[4]

韩乐然正是在这样特定的社会环境和家庭环境中成长，没有想到他由喜欢画画到专业学画，创作了大量的作品，成为著名的画家。而且他把他的喜好——绘画与国家民族独立，与反对法西斯帝国主义有机结合了一生。正如上海美术专科学校（简称上海美专）的同学鲁少飞为他题的词："革命的忠贞者，艺术的真诚者，两者有机契合，品为臻挚高境"。

二、专业学绘画、教绘画、办学校（1921—1929年）

1921年3月韩乐然考入刘海粟先生创办的上海美术专科学校西洋画系学习，师从王济远、吕征、洪野等名师。在这里他刻苦学习，受到专业美术教育，最初习铅笔、钢笔、漫画、炭画等单彩画，后来专习水彩和油画。在这里他把主要精力放到素描和速写上，这为他将来成为一名出色的画家奠定了基础。[5]

他的同学鲁少飞说："他是一个活的塑像，年青、活泼、坚韧、富有生命力和创造力……他对绘画有天赋的才能，在课堂上拿一支木炭条，在纸面上飕飕作响，一大块一大块黑白分明线条清晰的画面，就呈现在眼前。"[6]

该校是三年学制，他因工作和革命需要只读了两年多，但是在校成绩优异。我现在韩国已87岁的大姐韩仁淑写道："在上海美专1800名学生中，他拿到最好名次，报纸上还登了他的照片。"这就是1924年1月25日朝鲜《东亚日报》以"美术界两秀才"为题刊登的"韩乐然以优异成绩毕业于上海美专"的消息。

1923年他曾到苏州一带旅行写生，写生归来，曾在上海举办第一次个人画展，旋即组织青年画会。[7]

1924年1月，中共中央派他到东北地区开展"垦荒"工作，为中国共产党在该地区建立组织作思想和组织上的准备。他持上海基督教青年会的介绍信到辽宁省沈阳（奉天）找到沈阳青年会干事阎宝航。在阎伯伯的帮助下，很快在奉天举办了个人画展，展出了他在上海期间画的100多幅油画和水彩画。这些作品得到很高的评价[8]，并通过这次画展扩大了社会交往，引起了奉天社会各界知名人士的重视，提高了社会声望。

紧接着他又在阎伯伯和其他人的帮助下，创办了东北第一所美术学校——奉天美术专科学校。创办的过程极其艰苦，又富有戏剧性。当年在此学校就读过的包崇山讲："首先他以接洽兑换'英镑'为名，会见了'东三省银号'经理。但是他没有钱，所谓'英镑'只是求见经理的借口，他说明拟办美专一所，要求经理支援……又奔走教育厅准许私立，得到不少绅士支持。校舍算有了眉目，终于校牌挂在校门。他发信请来了一批上海美专的同学，又登报招生，找木工厂订做办公桌椅、学生课桌、画架画凳等。一边收学费，一边交定金。于是课堂、画室、宿舍、办公室安排妥当，开课了！民宅改装，油漆得亮堂堂，师生各得其所，喜洋洋！北调南腔，欢聚一堂！西洋画系主任为陆一勺，中国画系主任为许露白，教员有鲁少飞、沈在溶、王平陵等许多人，还有三位俄国人。钱鼎教水彩画，欧阳予倩教舞台装置。有室内静物写生、室外写生，也常画'模特儿'。从铅笔素描到水彩画，从木炭素描到油画，教学都是认真的，不论哪一位老师主教，上课时总是有三位以上老师在课堂上随时指导。理论课有美学、美术史、哲学、构图学、解剖学等。老师教得高兴，学生进步也快，盛极一时。韩乐然任校长，也当教员，还常常对大家说：'你进步得很快，好好画吧，将来做个画家！''画画不能忘记打倒日本！'美术专门学校成立以后给奉天带来了新东西，有了绘画展览会，钱鼎、杨芩茸都开过展览会。欧阳予倩演出了话剧《回家以后》和《少奶奶的扇子》，还演出了京剧《贵妃醉酒》和《尼姑思凡》等。这些学习和活动开阔了大家的眼界，提高了艺术水平，培养了不少人才，有的学生终身从事美术专业，如李文信、吴庸、王家人、贾英哲、刘民同、崔冰壶、韩进之、包崇山等人。这些同学毕业后当了多年教师，从而传播了艺术技术技巧与理论。把这颗艺术之籽繁殖下去。"(9)

1925 年上海五卅惨案发生后，韩乐然以组织绘画名义召集学生，为各校学生爱国运动的联系起了很大作用。他和其他共产党人组织了奉天大规模的声援上海各界人士反帝爱国运动的游行示威活动。(10)

1925 年秋，韩乐然到哈尔滨。1926 年 4 月中共哈尔滨特别支部改为中共北满地方委员会，他作为代表出席成立大会，会后他经常到手工业工人和铁路工人中开展工作，他和楚图南、王纯一、王复生、苏子元、赵尚志在一个支部。在哈尔滨他的公开身份是第一中学、第三中学（普育学校）及哈尔滨中东铁路美术学校的美术教员。他先在一个学校任教，过去这学校不重视美术课，同学也没有兴趣。他提请校长、教务长组织参观团参观其他学校。然后他向校方要了两种权：一是图画课 70 分为最高分，50 分为及格，不及格降级；二是学生纪律由他自己管，教务处不能随便准学生假。校方一一允许。他的教学方法是让学生充分发挥个人的美感和创造力，如：让学生想象作画，多写生以发展其想象力，给学生以指导、启发，向大自然学习，同时，互相学习，带学生到郊外画画，然后在校开图画展览会(11)。他的一个学生写道："远在民国 17 年（1928 年）笔者于哈尔滨第三中学读书，乐然先生兼任许多中心和三中的图画教师职，举止和蔼，诚挚动人，对学生如子弟百诲不倦，虽有师生之分，然情感却超乎手足之上。故每于假日，同窗好友常请先生率领作野外写生，或采集标本，或赛自行车，或划船游泳。最使人怀念的是松花江太阳岛边的钓鱼比赛，每以冠军垂钓或游泳素描、肖像相赠，学友等视为珍宝。返校后，先生仍仔细修改，必使其惟妙惟肖，有时还连称：'不深刻，不生动，不像不像……'可见先生对绘画研究之虚心，无微不至。"(12)他也利用到野外写生的机会向同学们宣传国内外形势，介绍十月革命和五四运动的经过和意义。

在哈尔滨，他住在三中地下室，那里是中共革命活动的重要场所，有时支部开会，研究工作在这里进行。中共"六大"在莫斯科召开，许多代表来往都经过哈尔滨，"六大"代表王得山、罗章龙曾在韩乐然的住处传达"六大"精神。这里除了一张床外到处竖着画板，这也是他的画室。他在那里画了许多画，也有大幅作品。其中他画了一幅大型风景油画，那幅画气势雄伟，峻岭云横，松柏挺直，云雾缭绕，放在学校正面大厅。1932 年日本侵略者侵占哈尔滨之后，学校被日伪当局占领，那幅油画不知去向。中共北满地委利用春节期间散发贺年卡，贺年卡是他设计的，卡的正面是"恭贺新禧"四个字，背面印着宣传中国共产党的纲领和反帝反封建的口号。此外，他还为中共北满地委出版的《北满工人》等刊物画插图。(13)

1928 年末，他到齐齐哈尔一边从事党的工作，一边为建设齐齐哈尔龙沙公园而工作。宽阔的龙沙公园是他施展艺术才能的地方，春天他为公园设计造型各异的花草图案，看到园内亭阁大都是传统古建筑风格，于是就大胆地设计了一座优雅别致的欧式亭，即亭亭玉立的"格言亭"。这个亭子在 20 世纪 80 年代因年久失修被拆除，2004年齐齐哈尔市政府又按原图纸复建，现它仍挺立在龙沙公园。同时他还为准备开业的大型百货商场洪昌盛设计橱窗广告。待洪昌盛开业时，两个新颖独特的大橱窗轰动省城，使顾客叹为观止。[14]

三、留欧时期（1929—1937年）

1929年，韩乐然远赴欧洲留学。刚开始，人生地不熟语言又不通，常常两三天没有钱买饭，没有御寒的衣服。为了生计他曾画漂亮住宅，送给房主人。往往敲开门时，欧洲人见到他是亚洲黄种人，很不高兴，但当他将画好的别墅洋房举向房主时，他们的态度就立刻变了。谁能想到自己的房子能被画成那么美的画，于是他们让他进屋，一般把他的画挂在客厅正中，以便向来客炫耀。

他曾给第一次世界大战的"荣誉军人"伤病员画像，尝试拿在国内画的水彩风景画在里昂中国饭店开个人画展。在一个艺术发达的国家，这实在是很大胆的举动。语言不通，他不在乎，随时随地学，他是个语言天才，很快能和当地人交流。他坚定、乐观地克服了一个一个的困难，朝着自己的目标迈进。

1931年他终于到巴黎有名的卢佛尔艺术学院学习，专攻西洋画。他的画受法国"新印象派"的影响，那贵族式的学院生活，并没有影响他的学习。他每天课后，旁人去跳舞划船去了，他则背起画箱到外面去写生，或到博物馆去研究古代美术。在学校曾举行他个人第三次画展，备受师友赞誉。[15]

1932年在巴黎，他以韩素功的名义同刘开渠、曾竹韶、陈芝秀、常书鸿、陈士文、滑田友等到法国学艺术的中国留学生发起创立了"中国留法艺术学会"，这些会员多数人的作品曾入选法国沙龙，还有一些会员的作品在刊物上发表。1934年中国国内杂志《艺风》第2卷第8期搜集了"中国留法艺术学会特刊"[16]。

毕业后，他到荷兰，举行第四次个人画展，他的画得到当时一些名人赏识，各大报都刊登专文介绍，取得很好的成绩。[17]

在法国他参加了法共和第三国际的反法西斯活动，在巴黎蒙马特峰顶广场卖画，在尼斯城办展览。他遍游欧洲各国，在各地旅行作画、办个人画展。欧洲的绘画水平很高，对绘画作品特别挑剔，当人们看到他技巧娴熟的作品时，竟说："你一定是日本人。"他非常气愤，在广告上醒目地写道："中国画家韩乐然写生作品展览"。有一次戏剧家熊式一先生到法国，排演中国京剧《王宝钏》，演员全是外国人，他担任舞台美术设计，取得非常好的效果。[18]他还在《巴黎晚报》做过摄影记者。

他是一个非常勤奋的人，在欧洲8年画了大量的油画和水彩画，为了生活，为了学业大部分都卖掉了。他的战友挚交阎宝航和高崇民曾写道："一九二九年去法国习美术，专攻油画，历时八年之久，以其美术素有根底在法国又加钻研，其美术之造诣颇高，曾在法举行他的作品展览，一幅油画售得法郎六百元。"[19]现在留存下的只有一幅油画《在凯旋门前的自画像》，两幅水彩画《收割》、《大海》和一本他自己拍摄的"一九三二至一九三七年留欧生活作品留影之一"相册，其中有18幅油画和15幅水彩画照片，还有他生活和工作照：2张在巴黎卢森堡公园作画，欧洲人围观照；1张在住处狭窄的阁楼里作画，墙上挂着他画的水彩画《桥》

韩乐然发表《从兰州到永昌》一文，1946年4月13日《民国日报》

1946 年 4 月《新疆日报》

1946 年 4 月 25 日《新疆日报》

的照片；1 张在巴黎晚报工作照。从中可了解他刻苦作画艰苦生活和受到欧洲人喜爱的一面。

四、以画笔和摄影做武器进行国内国际抗日宣传（1937 — 1944 年）

1937 年 10 月 29 日，他和一些留法、留德的同学陪同抗日将领杨虎城将军乘"哲里波"号轮船回国，11 月 26 日到达香港。回国后，他被党组织安排在武汉的"东北抗日救亡总会"任党组成员，并负责宣传和联络工作。他以画笔做武器，激发人民的抗日斗志。他给中共东北特委办的《反攻》半月刊画了许多封面画，如：《起来和鬼子们拼》、《保卫我们的家乡》、《怒吼的卢沟桥》等；创作巨幅油画《全民抗战》悬挂在黄鹤楼上；绘制巨幅油画《不愿做奴隶的人们，起来消灭日本帝国主义》悬挂在海关大楼上；给抗日宣传队画宣传画。他和新西兰路易·艾黎、美国记者斯诺、史沫特莱等国际友人联络，和国外的通讯社联系，将他拍摄的大量抗日照片发往国外，进行中国抗日的国际宣传。[20]这些照片都是他自己冲洗，曾有一段时间，在阎宝航伯伯家住，他把大澡盆作为冲洗照片用，使得大家很长时间不能在此洗澡，但他的工作得到了阎家老小的支持。很可惜这些照片都发表在哪里，现尚不得而知。他还在汉口帮助史沫特莱为前方训练人才和为八路军筹款买药，他将朝鲜青年送到延安。

1938 年 11 月，他参加郭沫若领导的国民革命军政治部第三厅组织的"作家艺术家访问团"到延安访问，在延安女子大学做了《关于抗日时期民族艺术文化》的讲演。[21]

1939 年，他在四川曾举办个人画展，很多人排长队参观。[22]当时四川用草纸印制小学课本，这些草纸只能一面印刷，另一面他就用来画速写，他画了江上的撑船者、纤夫等，用水彩画了农民的收割等。

同年，他被派到李济深领导的国民党战地委员会任少将指导员，来往于国共两地和抗日前线做统战工作和战地报道。他到国民党刘堪、卫立煌等部视察，到八路军总部向彭德怀和左权汇报，商谈工作，又秘密到延安。1940 年由于早期在上海的革命活动和怀疑他的真实身份，在陕西宝鸡被国民党宪兵队秘密逮捕押送到西安，先秘密关押在国民党省党部一年。在此，他镇定自若，严守党的机密。他仍坚持要求画画，现留下一张关押在省党部的水彩自画像，身上穿着国民党将军服，但无领章和帽徽（总编号 191）。

1941 — 1943 年，他被关押在西安国民党"特种拘留所"。在狱中他仍保持一个共产党员的气节，并机智地与敌人作斗争。他巧妙地给关押他的狱卒做工作，其中一位姓刘的狱卒由于他的关系到延安参加了革命，黄胄大师解放后在兰州曾和这人一起工作过，他对黄胄讲述往事，深深怀念韩乐然。韩乐然还秘密做难友的思想工作，安定难友情绪，另一方面又带领大家进行合法斗争。其中他充分利用绘画、建筑艺术做斗争的武器，为解决难友生活困难，他争取到自己设计用废报纸做纸浆玩具，由于双手长期泡在纸浆中工作，他的双手都患上严重的关节炎。做出的玩具托狱卒卖了换仁丹、葵扇、万金油等给难友们用。那时西安常遭日寇轰炸，狱内没有防空洞，他先严厉地谴责监狱当局欲假借日军之手杀害狱中难友，再争取到他自己画图设计，在敌人看押下采购材料，建筑防空洞。[23]1943年初，由于党组织通过李济深和东北人士的多方营救，他终于被假释出狱。出狱后，他结识了黄胄，黄胄曾写道："在1943年3月我去西安之前，在报纸上还看到过韩先生的美展介绍，我对他们这些知名画家很是敬慕的……当知道我在西安无家后，便请我第二天就搬来住。在那种冷漠的人世间，韩先生和蔼可亲的态度无异于融融暖火……他每天教我一些绘画常识，如素描的步骤，敷色的要领，形体结构的观察方法，绘画的布局和章法等。还向我讲述了欧洲文艺的盛开和一些画家和雕塑家的生平……勉励我今后要自立……他说：要做出一番事业，不会一帆风顺，要行远自迩，不懈努力，甚至付出牺牲……在韩先生家住了一段时间后，我们即去旅行写生。由宝鸡到华山，约一个月左右。在这段时间内，乐然老师夙兴夜寐，画了40多幅水彩写生。记得他画过渭河，水渠旁的风车、水磨，还有山村小桥等，用水用色酣畅淋漓。他对我说，国民党当局不许他画劳动大众的贫困生活。他原准备去河南画黄泛区，没得到允许，后决定去画八百里秦川……在途中他绘了许多农民像、农村小女孩等。给我印象特别深的是他画了一幅《桥上》，画的是一座破木桥，一个瘦弱的男子躬身曲背地驾车，拉套的也是一匹瘦骨嶙峋的牲口，这可能是旧中国劳苦大众生活的缩影吧。记得在作这幅画时，他对我说：'只许我画风景静物，不许画劳苦人民，给他们粉饰太平，恐怕是办不到的……'乐然老师认为，生活对艺术家来说如布帛菽粟一样重要，反对用美术去迎合商人的需要，反对自然主义的再现生活。"[24]

1946年7月20日《新疆日报》

五、促进西北和平解放，民族生活跃然画中，新疆文化宝库新发现（1944—1947年）

1. 特殊使命

1944年秋韩乐然肩负着和平解放大西北的特殊使命，和我母亲带着几个月的我到甘肃兰州。路易·艾黎曾写道："他同西北国民党的高级将领交朋友。当时西北政府主席张治中、西北军区司令陶峙岳都是他的好朋友，并得到他们的尊敬。他们家中都悬挂着乐然的画。乐然告诉张治中培黎学校的教育方法。为此张亲自去山丹参观之后，把他的小儿子从城市学校送往位于山丹小镇的培黎学校就读。陶和乐然之间有着更加密切的友谊，是乐然介绍我去会见陶和后来的赵寿山将军。赵寿山是住甘肃的国民党部队的司令，与乐然的关系不错。最终他们都被争取过来，而且全心全意地同共产党中央政府合作。乐然坚持不懈地细致工作，他和所有为此努力的人们都为西北的解放作出了巨大的贡献。"[25]我的母亲曾多次讲过两件事：一是陶峙岳将军经常到我家，他是你父亲的好朋友，有几次深夜着便服来访，快天明才归。我问："怎么时间搞得这么晚？"你父亲告诉我："他是来找我商量问题！"陶伯伯于1949年9月25日代表国民党驻疆十万官兵通电起义，为新疆的和平解放作出了重大的贡献。解放后他任新疆军区副司令员兼第二十二兵团司令员，同时兼任西北军政委员会委员。1955年，被授予上将军衔，荣获一级解放勋章，1982年9月，经中共中央和中央军委批准，正式加入中国共产党。另一件事是有一天

1946年7月21日《新疆日报》

1947 年 7 月 30 日《新疆日报》

乐然回来对我说："随时作好准备搬家。"又进一步对我说："我们也要有随时被捕的准备。"我问："出什么事了？"他讲："赵寿山找我说想把部队拉到解放区，问我的看法和征求怎么做。第一次我没有回答，这次他又找我谈这问题。我不能百分之百确定他是真的，但我跟他讲了我的看法和如何去做。他是否是试探我，是假的……所以我们要有精神准备。"后来他们又多次商谈。实际上赵寿山是1942年加入中国共产党，1944年任国民党第三集团军总司令。他和韩乐然商谈后，1947年3月进入解放区，7月通电起义。1948年1月任中国人民解放军第一野战军副司令员。解放后，他任陕西省主席，到北京开会期间总会看望我母亲，他曾告诉我母亲："是韩乐然告诉我如何与彭德怀联系的。我完全可以证实他的身份，如果需要，我可以写材料，他是一个了不起的人……"[26]但不幸他于1965年病逝。盛成伯伯曾写道："韩乐然还做了两件事：一是发展甘南藏族拉卜楞领袖杨再兴兄弟为党员。杨氏兄弟，兄为喇嘛宗教首领，弟为司令军事统帅，后来解放西藏时，就是由他们引进刘邓大军去西藏的。另一件事是发展甘肃省政府警卫队，先发展省府丁秘书长夫人入党，后来甘肃省政府向新疆撤退时，由省府卫队引领彭德怀大军20万，日宿夜行，通过星星峡，解放新疆。"[27]我父亲还和国民党元老、监察院院长于右任，和邓宝珊将军、包尔汉等人都成了好朋友，和各民族人士交朋友。一位国民党上层人士非常佩服，曾感叹地说："在那动荡的年代，在错综复杂的民族关系中，他与西北各族人民和睦相处，随时随地得到他们的友情和协助是非常不容易的。假使在新疆工作的人们，多有像他的态度，民族间纵有壕沟，也会把它填平。"[28]

2．绘画和考古

在西北他的主要目的是促进新疆解放，为了革命工作，他充分利用绘画和考古作为手段，做统一战线的工作，他的真诚赢得了人们的信任和信赖。同时他是一个执著追求的艺术家，几乎每天都画，将他对人民和国家的强烈的爱渗透在每一幅画中，取得了令人尊敬的艺术成就。从1944年秋到兰州至1947年7月30日逝世，近3年的时间他几乎走遍了甘肃、青海、新疆各地，至少画了300多幅民族气息浓厚，反映西北各族人民生活和祖国大好河山的油画、水彩画，还临摹了敦煌和克孜尔壁画，画了许多速写；写了5篇文章在报纸上发表，做了4次专题报告。他在新疆吐鲁番和库车克孜尔千佛洞系统考察，是"第一个研究克孜尔壁画的中国画家"，两赴敦煌、克孜尔考察，用油画和水彩临摹洞窟的壁画。他开了7次个人画展。

1944年12月30日至1945年1月2日在兰州西北大厦举办画展，展出他到甘肃后所画的兰州风情、社会生活、自然景象。过去兰州画展多为中国画，这次展出完全是反映当地人民生活和风情的油画和水彩画，给当地注入新的活力。展出非常成功，虽然他的画标价很高，但西北许多上层人士争相订购。[29]

1945年春节过后他和潘洁兹先生一起到青海西宁，在塔尔寺住了半个月，在这里他速写、写生、临摹壁画和观摩寺僧画唐卡。在这之后他自己又去了甘肃河西走廊、敦煌、山丹、酒泉、天水、甘南藏族地区等地。12 月 6 日至 9 日在兰州西北大厦举办了这一年他所到之处绘画的个人展览，展出作品百余幅。[30] 丘琴先生在《一年间丰硕的果实》中描述了这次展览的情况：这次展览的只是他这年间全部作品的三分之二，另一部分准备携赴国外展览……这次展览展出了两幅大型油画《青海塔尔寺》、《胜地拉卜楞》，有描写藏胞生活的画《闲荡的僧侣》、《新女性》、《寺院锁清秋》等，在这些画上可以看出他对藏胞的热爱和寄托了无限的同情。有介绍山丹培黎学校生活特写的十几幅画，使人对中国工业前程有无限的憧憬。有西北的特殊景物《河边的水车》、《羊皮筏子》等。一部分取材是锦绣风光，这对于兰州的观众是有力的诱惑，因为天天生活在画中，却身在画中不知画。他描绘自然方面的成就是无比的，像水彩画《大自然的诱惑》是顶好的说明……在兰州画展如林的今天，我诚恳地说：我还没有看到一幅像这样深深吸引我的画。当年常书鸿先生说："看着他的画，每一幅都充满了光和色的明快，毫无板滞生涩之感，他那纯熟洗练的水彩画技法，已达到炉火纯青的程度……他的画正和他充沛的精力一样，深深地感染了我。"[31]

1946 年是繁忙而取得很多成果的一年。

1946 年 1 月 3 日，在兰州省立图书馆艺术生活旬刊社主办第一界美术展览会，其中有韩乐然、鲁少飞、潘洁兹、常书鸿、赵望云等人的画。[32]

3 月至 7 月，他沿甘肃河西走廊到新疆考察民情，旅行作画，临摹壁画，考古挖掘。3 月 13 日从兰州出发，经西宁—永登，翻过 2900 公尺的乌沙岭，从韩湘子庙—古浪县—武威县，4 月中到永昌—迪化（乌鲁木齐）—吐鲁番—胜景口—古高昌国—三堡—牙尔湖—古车狮国—焉耆观—和硕—库尔勒—库车—克孜尔千佛洞。

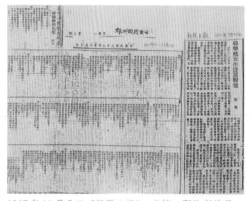

1947 年 11 月 3 日《新疆日报》，哀悼一颗坠逝的星——悼韩乐然长诗

7 月至 9 月他陪国民党监察院院长于右任考察南疆，由迪化—吐鲁番—迪化—喀什，到香妃墓—焉耆—迪化。（详情见《怀念在西北考古的韩乐然先生》，王新令，1947 年 10 月 30 日《民国日报》）

9 月至 11 月，两赴山丹培黎学校，到敦煌与常书鸿先生临摹壁画，做有关克孜尔的学术报告。

11 月回到兰州作再次赴新疆的准备，并在兰州郊外买了一块地，准备筹建西北博物馆，并举办个人画展。

这一年他写了三篇考察报告：一、《从兰州到永昌——西行散记之一》，刊载在 1946 年 4 月 13 日《民国日报》；二、《新疆文化宝库之新发现——古高昌龟兹艺术探古迹（一）》，刊载在 1946 年 7 月 18 日《新疆日报》；三、《新疆文化宝库之新发现——古高昌龟兹艺术探古迹（二）》，刊载在 1946 年 7 月 19 日《新疆日报》。

两篇展评：一、《走向成功之路——为常书鸿先生画展而作》，1946 年 3 月 2 日发表；二、《看了陆其清先生画展之后》，刊载在 1946 年 9 月 17 日《西北日报》。

三次演讲：一、4 月 24 日上午在新疆省党部宣传处举行的韩乐然与新疆艺术工作者见面茶话会上，他对全国艺术工作情况作了介绍，对敦煌艺术研究作了概括介绍，并希望新疆青年将艺术作品寄往内地展览。此消息刊载在 1946 年 4 月 25 日《新疆日报》；二、5 月 20 日，在迪化女师学术讲演会上作了《关于图画》的讲话，刊

1947 年 10 月 26 日《甘肃民国日报》

1947 年 10 月《西北日报》

1947 年 10 月 30 日《甘肃民国日报》

载在 1946 年 5 月 21 日《新疆日报》；三、10 月应常书鸿之邀在敦煌作了《克孜尔千佛洞壁画特点和在新疆发掘经过》的演讲。

两地考古考察：他痛恨西方掠夺者疯狂地掠夺和破坏新疆的文物和壁画，决定先以自己的力量考古考察。他先到吐鲁番附近的胜景口观看唐代洞式庙宇，巡礼古高昌国，到牙尔奶子沟视察古车狮国，在三堡考古挖掘所得高昌年号中延昌、延和及唐贞观、乾封、咸亨、开耀、开元等 8 块墓志，得木乃伊 5 具，看到墓志全是汉字。后到古木土拉，重点详细考察了克孜尔洞窟，这是古代佛教中心地。他对残存在 50 余洞窟的壁画画风和洞窟天花板上的宇宙图作了详细的分析与比较，得出"那些洞庙建筑、壁画等之开始与完成期，当在西历纪元前期至纪元后五世纪间的作品无疑……从这次短短的两个月古城巡礼，挖掘古墓，临摹洞庙壁画的工作中证明，新疆在古代东西文化交流史上应当占有重要的地位及汉族影响新疆人民的年代久远。因此也敢断定新疆在考古工作方面具有重大的前途。为了证明人类文化及东西文化的交流史和写一部正确的新疆史，希望全国上下，尤其文化界，应当注意尽早实现有计划的、大规模的考古工作的展开。"详细情况请见他写的文章《新疆文化宝库之新发现——古高昌龟兹艺术探古迹》。

四次个人画展：4 月 26 日在迪化商业银行大楼举办了韩乐然第十六次画展，此次画展得到西北许多上层人士如张治中、宋希廉、陶峙岳、包尔汉及画界人士鲁少飞等人的推荐。开幕式那天参观者有 1000 多人，很拥挤，展出作品 73 幅，均为西北风光。开展三天参观者超过 3000 人，很多人冒雨参观，很受欢迎。在《乐然画展我观》的报道中说："第一印象是新颖，它们显示给我许多前所未见的东西，继而稍一思索，原来它们是罗列在我周边的，为我司空见惯的……那么给我新颖之感的是什么？是色调、是章法、是布局……一言以蔽之，是艺术。'艺术就是从平凡里找出不平凡来。'韩先生的画更加证明了这道理。其次它们给我留下了不可磨灭的优美情怀……他惟妙惟肖地勾画了人与物的外形，尤其是揭示出他们的心理与精神……他真切地把握住了当时当地的气候、民俗。"画展闭幕后，他与迪化市爱好艺术的青年 30 多人座谈，他介绍了绘画技巧及遍游欧洲学画的情况，他的吃苦精神深深感动了大家。茶话会历时四小时之久，至深夜才散。（见 1946 年 4 月 26、27、30 日和 5 月 10 日《新疆日报》）

6 月在库车举办了第十七次个人画展。（见 1946 年 7 月 12 日《新疆日报》）

7 月 19 日至 21 日在迪化第五中心学校举办韩乐然第十八次个人画展，后应各界人士要求续展两天，门票 200 元，并选出 30 多幅拍卖。展览室共 6 间，展出 144 幅油画和水彩画，其中有兰州到河西走廊各民族生活的写真和沿途风光，有新疆人民的生活，有克孜尔壁画的临摹，并展出了发掘所获文物、文书。于右任院长参观并订购了一幅《打馕者》，张廉主席（新疆省主席）携夫人参观并订购了《太子山远眺》、《静静的嘉峪关》等 4 幅画，并问韩乐然画展后其余画的处理，他回答："带到内地制版。"这次画展也很成功，参观者络绎不绝，因此要求延展。（见 1946 年 7 月 20、21、23 日《新疆日报》）对这次展览，7 月 21 日《新疆日报》

刊登的《画里新疆——考古与艺术所见天地》黄震遐写道："在焦热的雾围气氛中，韩君却从南疆带来一种空气，而暗示人们这世界上还有一种比政治还要深厚、永恒而坚固的力量——艺术……韩君从南疆带来古代的光荣与今日的情趣。我们走进韩君的画室，就自然而然发生一种感慨，觉得岁月悠悠，在千古永恒的时间发展中只有艺术是唯一留下的东西，天地间刹那印象也只有借重艺术才会永存人间……'生命是短的，艺术是长的'……看完了韩君的画以后，又有一种感想，觉得是一种建树，一种伟大的事业，即使在这荒凉落寞的时候，也会具有无穷的壮美，或是特别富有一种诗意的情调。而这种壮美的或诗意的情调就是一个时代和社会的精神表现，是其人民的心灵之所寄托。好像韩君的几幅废墟的风景画，就有无限的壮美与诗意，令人不胜其低回凭吊之情，这就是直到今日为止的旧新疆的印象，在新新疆出现之前，我们极应通过艺术的鉴赏而把它保留下来。我们每天与新疆的现实接触，也要同画里的'新疆'见见面。"他还说道："他是一位愿在太阳底下劳动不息的艺术家……他已与新疆的绿洲文化结下了不解之缘……在克孜尔最重要的发现，恐怕还是古龟兹佛教艺术品上的汉字。"这正如韩乐然所说："我的艺术愿意反映社会生活和民族生活。"

11月，在兰州物产馆举行第十九次个人画展。文学家、史学家、语言学家和诗人盛成先生讲："乐然的画中有光、有声、有音乐，丝路的驼铃、蒲犁的鹰笛、哈萨克拨弹的冬不拉、维吾尔的热瓦蒲与草原的歌舞，正如雄鹰腾跳在色调之外，气韵活动，古法用笔兼而有之。"当年他为乐然临摹的《雷神》题诗："龟兹文物五凉求，身毒东流变化收（身毒、天竺皆为印度）。没骨飞飞莺燕舞，无心穆穆镜花愁。天国金粉如来月，佛洞蜂回寂灭秋。芳草有灵游子笔，皋兰山下忆西游。"

有人看了画展说："在物产馆看到了韩先生西域回来的画展，色调之美，用笔之严，使人看了感到一种轻松愉快的气氛。"

陆其清先生也写道："于11月将新疆作品在兰州公开展览，这一次回来，他确将内地的一切介绍给新疆，而又将新疆的一切介绍给内地的同胞，这种文化上沟通工作，这种美术上交流工作，应该算韩乐然始创，这对于社会文化确有很大贡献……他的目的不但是将新疆人的生活介绍给内地同胞，他还想将古代中国文化留在新疆的遗迹介绍给国人，以证明千年前新疆就是中国的版图，新疆就有这么好的美术品。这种发掘工作对于国内介绍社会文化的贡献又是多么的大，对新疆美术又是多么的大。"（刊载于1947年10月30日《和平日报》）

1947年1月，在兰州作再次入新疆考察的准备。

2月14日参加西北行辕举办的兰州市文化人联谊会，在会上他做了《新疆克孜尔壁画及敦煌壁画之关系》的报告。（见1947年2月14日《和平日报》）

2月24日由兰州启程携助手陈天（后曾任西安美术学院雕塑系主任）、赵宝琦（后为新疆日报社摄影专家）及山丹培黎学校学生孙必栋、樊国强乘路易·艾黎支援的两部卡车赴新疆。3月12日抵迪化，4月1日与新疆美术工作者开茶话会。4月2日离迪化

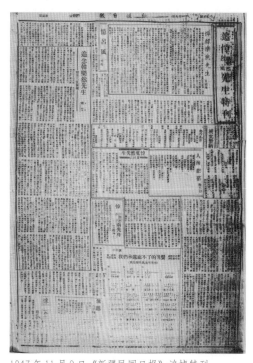

1947年11月9日《新疆民国日报》追悼特刊

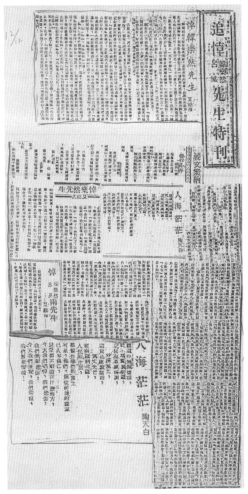

1947年11月9日《新疆民国日报》

1947年9月12日《甘肃民国日报》刊登怀念文章

去库车,在库车逗留6天考察古木土拉佛洞。4月19日到达克孜尔千佛洞。在这里他们考察了近3个月,天天攀爬悬崖绝壁,因为这些洞窟就建在上面。用苏联"费得"牌相机拍摄了几百张照片,他临摹壁画几十幅,在千佛洞他们共编了一百多个洞号,其中75个洞有壁画。在洞内外砂岩上,用钝器先稍磨平砂岩,在岩面再磨出长宽25厘米左右的框槽,框内写阿拉伯数字,深度比框槽深过约1厘米,然后均涂上白色颜料。他出资,建了一座小房子,供参观人用。他们发现挖掘了一个被流沙掩埋的洞,编号为"特1号洞"。他在《克孜尔考古记》中说:"外国人不但偷走了壁画,并且将这里的汉字作有计划的破坏,存心想毁灭我国的文化,好强调都是他们欧洲的文明,但是他们做的还不彻底,好多佛像的名称和故事的解说都能看见模糊的汉字,画里人物的服饰也都是汉化的,他们怎能毁灭得了呢?中国文化总是中国的。壁画的画面虽然残缺了,从这残缺的画面上仍可看出色彩的绚烂和结构的严密,从各方面的证明确为我国的唐初作品……不要说在我国,就是在世界上也难找到像这样的佛洞,洞的多延长了几个山,据我们整理编号的结果总计有画的75个洞,按数目当然是没敦煌多,但是画的价值比它高,画的年代比它早。这些画总在两千年左右,那个时候他们已注意到光的表现和透视,最完美的就是他们人体的描画,不唯精确而且美。在几个没画佛的画洞里,上面绘有人体解剖图,骨骼和肌肉都有,看样子像传授似的,可以证明当时画画的人不是普通的画匠,而是有思想有训练的信徒们,所以在每幅画面上都能笔笔传神,并且能表现他们的宗教思想和哲学基础。这些作品有着高尚价值。"最后他将这次考察的情况和要游人保护该处在克孜尔千佛洞里做了题记,刻在一个洞窟的墙壁上。他们每天工作完,就和当地的维族同胞一起唱歌、跳舞、吹口琴。他还带去了许多药,给当地的老百姓看病。他曾写文章说:"两个多月来总有200多个病人,从七八十里路以外骑马或骑骡子、步行来。我们非公办医院,况无大肆宣传,只是百姓之间一传十、十传百,就有这么多人……新疆不但需要医药救治,而且更需要教育救治。"

7月26至27日在迪化新疆日报社举办韩乐然第二十次画展。当时报上刊登画展消息:"这次画展不收门票,展出了在克孜尔临摹的壁画,参观者络绎不绝。"有人感慨地说:"其中第5幅《本生故事》及第13幅《释加左右》为韩氏新发掘之特1号洞中壁画,前者长14英尺,后者长8英尺宽4英尺,是所有油画中最大的两幅……那均匀的线条、鲜明的色彩,细腻生动、趣味隽永,令人悠然长思、缅怀往古的幽情,流连再三,不忍离去……在韩氏新发掘之特1号洞中的两张壁画,上面已有淹没失传的古代文字,异常宝贵,当为考古所重视……当时新疆局势处于不安的状态中,韩乐然竟不畏危险,深入穷漠孤山,伐树造屋,握着锄头挖洞,不计牺牲,不辞艰苦,这种'为艺术而艺术'的坚忍奋斗的精神,真令人从心底露出最真诚的敬佩……骆驼是永远负荷着重担在沙漠中蹒跚前进的,它只想工作而不求代价,韩先生就是这驼群中的一只驼。"(见1947年7月27、28、30日《新疆日报》)

3.不幸遇难

1947年7月30日他乘飞机携带在克孜尔画的几十幅油画水彩

画（除9幅留在迪化外）和几百张照片，在迪化飞往兰州途中，他消失了，永远不归。他是因飞机失事还是被害至今是个谜。盛成先生痛心地写道："他与毕加索一色一流，比现实还现实的超现实派，文艺科学二合为一，加入第三国际社会活动家的战友。

用活、动、血、汗、泪、点、线、面、轮廓、色与光、字与句的笔力，透视中外古今一切的生动，正反协调的气韵，创作成品的劳动者。

他还是一位艺术史学者及探险家，在库车千佛洞中发现唐初已有的透视画与人体解剖图。

他姓韩，名乐然，名如其人，人如其艺，艺如其地，亦如其实。

他是边胞，最爱边疆生活与文化。在兰州看过他的库车画展，曾以诗题画云：芳草有灵游子笔，皋兰山下忆西游。

那年那月那日下午在他家中等他胜利归来……此情此景没世难忘。"

人们期待着这"机警、不朽的灵魂"的归来，但过了近三个月尚无任何消息，人们不得不面对现实。在甘肃，10月30日上午十时在兰州物产馆由西北文化建设学会、天山学会兰州分会、西北美术协会和上层人士组织举行隆重的追悼会并公开展览遗作22件。追悼会情况见袁炜写的《生命短，艺术长，天才与生命争短长——韩乐然追悼会速写》，西北许多报纸都发表了追悼专刊和特刊。在新疆，11月9日在迪化文化会堂又举行追悼会，掀起纪念的高潮，《新疆日报》发表了追悼特刊。西北军政要人深深怀念他，张治中先生题："杰作长存——殉艺界之先进，失国家之杰才"；陶峙岳题："交游戎马乱里间，落日孤城空怀杜甫；挥泪烟云变幻里，诗情画意每重王维"；宋希廉题："乐然先生千古——东飞殉艺术奇才，云锁万山，向天胡焚琴煮鹤；西去留庄严妙想，尘封千窟，更谁为发古探幽"；屈武挽："两手画佛千万，谁知玉崖云边君随佛去；半路思君孰意瑶，泣山下不见君回。"……他的朋友、艺术界的同仁甚至与他只有几面之交的人，都为他的逝去而惋惜悲痛，他们为他的艺术和精神而感动。许多人写了纪念文章说道："他是最善于用色彩的，把色彩透过感情和生命，而涌现在画面上……在陶副主任和宋司令客厅里的那几幅天山风景画，色彩之融合和雄伟，不独感动人而且迷惑人。然而韩先生的成功，与其说是基于艺术之忠实，毋宁誉为精神之苦干这一点，凡是知道他的人，没有不深致其敬佩的。""他是一个如何充满着旺盛活力的人，当你和他接触时，他的热情洋溢会使你感到一种生命的欣腾。他又是一个如何能耐得住平凡、黯淡和劳苦的人生战士……""韩先生之死是新疆文化的损失，是西北文化的损失，是国家民族的损失。""韩先生死了，韩先生的造诣和他伟大不朽的作品未死。""我们悼念这一不朽的艺术灵魂，我们更祈望这不朽的灵魂之一切成就与表现，能借着一种永久的表彰供当代和后代人们的思索。"……（摘自1947年10月30日《民国日报》、《西北日报》、《和平日报》，11月9日《新疆日报》）

我父亲一生忠于革命，酷爱艺术。我母亲在极其艰难的情况下，把他遗留下的绘画作品保存好，并无偿地把所保留的135幅精品捐献给国家。她对我们讲："你们的父亲给你们留下的是一大

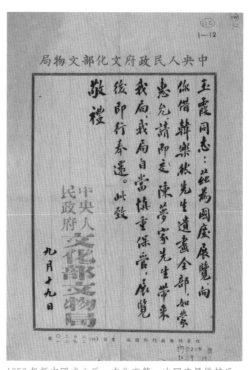

1950年新中国成立后，在北京第一次国庆展借韩乐然作品之公函

20世纪中国美术入选证书，《拉卜楞寺前的歌舞》、《草原上的生活》入选

笔丰富的精神财富，留下的是让你们'自立'。这些画原来取材于人民，取材于祖国的河山，现在献给国家，让广大人民能够欣赏它，使他的作品能够发挥更大的社会效果。"

注释：

（1）参考《延边朝鲜族历史画册》，延边人民出版社。

（2）《中国东北四省留法同学宣言》，1934年3月6日。

（3）《缅怀韩乐然》中崔顺姬《回忆姑父韩乐然在龙井的日子》，崔龙水《革命家、艺术家——韩乐然》。

（4）《缅怀韩乐然》中韩乐然夫人刘玉霞《回忆乐然片断》。

（5）《韩乐然生涯和艺术观》，李光军2004年博士论文。

（6）《忆乐然同学》，鲁少飞，《缅怀韩乐然》书中P23-24。

（7）《追念韩乐然先生》，萧艾，1947年11月9日《新疆日报》。

（8）《朝鲜历代美术家一览》，李在宪。

（9）《韩光宇于奉天美专》，包崇信，《缅怀韩乐然》P39-41。

（10）《辽宁党史人物传》第十一辑，《韩乐然》，宋庆良。

（11）《关于图画》，韩乐然，1946年5月21日《新疆日报》。

（12）《追念韩乐然先生》，萧艾，1947年11月9日《新疆日报》。

（13）《辽宁党史人物传》第十一辑，《韩乐然》，宋庆良。

（14）《画家韩乐然在东北的革命活动》，傅瑞云，《缅怀韩乐然》P43-44。

（15）参考常书鸿写的《怀念画家韩乐然同志》，鲁少飞写的《忆乐然同学》，萧艾写的《追念韩乐然先生》，潘洁兹写的《忆乐然》。

（16）《中国美术辞典》，上海辞书出版社，1987年。

（17）萧艾写的《追念韩乐然先生》。

（18）鲁少飞写的《忆乐然同学》。

（19）《韩乐然同志的历史情况》，阎宝航、高崇民，1955年12月26日。

（20）《回忆保卫大武汉时期的韩乐然》，姜克夫。

《周恩来同志与东北抗日救亡总会》，于毅夫。

《缅怀中国革命者韩乐然》，路易·艾黎。

（21）《辽宁党史人物传》第十一辑，《韩乐然》，宋庆良。

（22）《忆韩叔》，阎明复。

（23）《回忆乐然片断》，刘玉霞。

（24）《画家橡笔，大漠飞虹——怀念老师韩乐然》，黄胄。

（25）《缅怀中国革命者韩乐然》，路易·艾黎。

（26）《回忆乐然片断》，刘玉霞。

（27）《韩乐然烈士的艺术与革命大业》，盛成。

（28）《革命家、艺术家——韩乐然》，崔龙水。

（29）《甘肃民国日报》，1945年1月1日，《忆乐然》，潘洁兹。

（30）《甘肃民国日报》，1945年11月22日。

（31）《忆乐然》，1947年10月《西北日报》。

（32）1946年1月3日《甘肃民国日报》。

韩乐然研究现状

裴建国

韩乐然短暂的一生具有革命的传奇色彩，他的绘画艺术功底深厚并有着极强的创作活力，他在石窟考古学领域卓有建树，他的贡献被越来越多的中外人士所认识所关注，对于他的研究也日渐升温，不断深入。中国美术馆作为国家级艺术博物馆是收藏韩乐然作品最多的地方，故有理由认为依托作品展开的对韩乐然生平与艺术研究的首善之地是中国美术馆。

一、韩乐然作品整体收藏的价值

目前中国美术馆收藏有韩乐然作品135件，其中油画41件，水彩画85件，人物肖像素描9件。这些作品是韩乐然夫人刘玉霞女士于1953年无偿捐赠给国家的，最初存放在故宫博物院。1959年这些作品从故宫博物院转藏于新落成的中国历史博物馆。1963年这些作品再由中国历史博物馆转藏于中国美术馆，成为中国美术馆首批入藏的艺术品之一。

1993年韩国展介绍

新中国成立后，1950年在北京举办的第一次国庆画展中，展出韩乐然作品33件。这个展览的规模有多大，韩乐然的作品在这个展览会上占有多大的比例，目前未及考证。但这33件作品包含在其后刘玉霞女士向国家的捐赠之中，这是有案可查的。刘玉霞在《韩乐然遗画整理说明》一文中写道："我留下28幅以作纪念，在目录上已作了记号。这是为了纪念而留下的，留下的画的内容是国家完全可以从别的来源取得的，例如敦煌的壁画和一些西北的风景画等，至于克孜尔洞窟的画我全部献给国家。"（注1，《缅怀韩乐然》p165-166）此后，韩乐然的作品就一直存放在仓库之中。直到1988年，由国家民委文化宣传司、延边朝鲜自治州人民政府、民族文化宫联合举办"韩乐然遗作展"，并举办韩乐然诞辰九十周年大型座谈会。韩乐然的绘画艺术再次被人们所认识。1990年延边朝鲜自治州举办"韩乐然遗作展"。这是韩乐然的英灵在阔别家乡70余年之后的"艺锦还乡"。1993年为庆祝中韩建交一周年，由乐喜金星公司（后改为LG公司）和KBS文化事业集团在韩国汉城共同举办"朝鲜族艺术魂·天才画家韩乐然遗作展"。此展从韩国回来后，1993年中国美术馆举办"韩乐然遗作展"。1998年为纪念韩乐然烈士诞辰一百周年，国家民委举办了《缅怀韩乐然》一书的首发式和座谈会，在中国革命博物馆举办"革命家、艺术家韩乐然诞辰一百周年画展"。2005年在韩国首尔由韩国国立美术馆和中国美术馆联合举办"民族魂·艺术情——中国朝鲜族画家韩乐然艺术展"。深圳关山月美术馆举办"石破天惊——敦煌的发现与20世纪中国美术史观和美术语言的发展专题展"，展出了关山月、张大千、常书鸿、韩乐然四人的作品。2007年中国美术馆与澳门基金会和澳门博物馆联合举办"热血丹心铸画魂——韩乐然绘画艺术展"，并与关山月美术馆合作举办同名展览在深圳展出。上述这些展览依托的全部是中国美术馆馆藏的135件和家藏的77件韩乐然作品，是这些作品的精选。值得一提的是，台湾收藏家在西北旅行时发现的韩乐然的一件大作——《毯市》，成为此次韩乐然作品在深圳展览的一个亮点。在已知韩乐然的取材于现实生活的作品中，这一件不仅画幅面积几乎最大，而且画得深入细致，表现出一种凝重的叙事风格，与中国美术馆收藏的作品所具有的轻松疏朗飘然的风格略显不同。

就艺术博物馆或美术馆学而言，从展览策划、藏品研究、学术追踪、审美教育等无论哪个角度，艺术家个案的作品批量收藏的意义，要远远大于个别的零星收藏。韩乐然的艺术展览就是很好的例子，作为中国美术馆典藏部的继任负责人对此我有着较深的体会。接手工作之后，韩乐然作品的整装性即作品数量多、时间跨度短、风格一致性，立刻就吸引了我，成为重点关注的首批作品之一。在数以万计的藏品账目上，作者栏里连续出现同一个名字，肯定会引人注意并且被人们记住的。某个博物馆对某位艺术家的作品形成一定规模的收藏，就会形成该馆的特色，那么，这个馆的收藏、展览、研究一定围绕这些已经形成的特色展开，进而使这些特色强化，影响不断扩大。这就是整体捐赠的好处，他为后人提供了较为充分的研究食粮。而随着后人研究的深入，又会不断的扩大藏品的影响和利用价值。刘玉霞女士无偿捐出这批作品的时候，正是她携儿带女生活遭遇窘境的岁月，或许并没有想到韩乐然的作品会有这么大的影响，但是她坚信韩乐然作品的艺术价值。

在藏品利用方面，中国美术馆与家属的良好合作具有突出特点。韩乐然的夫人刘玉霞女士及子女韩健立、韩健行有着十分高尚的道德情操。他们认为韩乐然已经把自己的生命贡献给了为之奋斗的中华民族的解放事业，他留下的艺术遗产属于国家和人民，这在刘玉霞女士的捐赠说明中就已经明确表示。应当说韩乐然作品多次对外展出都和家属的直接促动与密切配合分不开，以此次韩乐然作品赴澳门展览为例，在得知韩乐然作品展览在深圳关山月美术馆展出经费紧张之后，作为韩乐然先生的女婿，康冀民大使帮助中国美术馆与澳门基金会取得联系，促成韩乐然的作品在澳门展出，从而分担了关山月美术馆的压力。中国美术馆与澳门基金会，连同澳门民政总署下辖澳门艺术博物馆共同举办的"热

1993年中国美术馆展览开幕式，出席嘉宾：谷牧、雷洁琼、马文瑞、赵朴初、闫明复、艾泼斯坦、黄胄、盛成，以及韩国驻华大使、文化参赞等

1993年中国美术馆展览开幕式，杨力舟致开幕词

血丹心铸画魂——韩乐然绘画艺术展"在澳获得很大成功，得到澳门各界朋友的广泛赞许。

二、艾黎说、盛成说及其他评价

关于韩乐然的生平与艺术评价问题，即对于韩乐然作品怎样看待它的艺术价值，这将涉及方方面面的问题。我理解这主要是关注角度和关注程度的问题，上世纪四十年代韩乐然在西北的影响力，他以年仅49岁的人生历程，已经搞过20次画展，其在艺术上的活跃，作为艺术家在西北社会高层的广泛影响，可以说在当时无人能够企及。何况，韩乐然在西北活动的主要目标，并不是一般意义上的评论家们所乐道的画家到民众当中去反映他们的疾苦，也不是一般意义上的艺术家所欣羡的放浪形骸寄情山水的自在，而是负有重要的历史使命。他的活动是和中国共产党解放大西北的战略目标紧紧联系在一起的。通过路易·艾黎的几段话我们可以了解到："在兰州，一个国民党特务的集中点，韩乐然必须要使自己显得是一个百分之百的艺术家，他去新疆也只是为了艺术的原因（我们知道路易·艾黎是用英语写作，虽然我还没有机会对照他的英语原文，但已经明显感到此句话的翻译有些问题，艾黎在此强调的应是"韩乐然必须要使自己显得是一个百分之百的艺术家，"而不是"他去新疆也只是为了艺术的原因"。实际上他去新疆和在兰州都是要使自己显得是一个百分之百的艺术家。）。他是不会把他的真实意图跟他的朋友们，即使是家里人讨论的。他是个真诚的革命者，他的第一目标是促进革命事业。他喜欢考古，他喜欢艺术。尽管在新疆有众多的国民党特务的情况下，他真正要的是用考古、艺术上所有这些来达到接近张治中和陶峙岳的目的。""他实在的主要目的就是促进新疆的解放，这是他的光荣。倘使我不是这样的了解他，我就不会支援他一部重载汽车和两个学生（去克孜尔）。""只有具备像乐然一样的对政策的高度自觉性和对原则的坚定性和灵活性，才能同在西北的国民党的高级将领交朋友。当时西北政府主席张治中，西北新疆军区司令陶峙岳都是韩乐然的好朋友，并且得到他们的尊敬。他们的家中都悬挂着乐然的画。乐然告诉张治中培黎学校的教育方法。为此，张亲自去山丹参观，之后他把他的小儿子从城市学校送往位于山丹小镇的培黎学校就读。陶和乐然之间有着更加密切的友谊，是乐然介绍我去会见陶和后来的赵寿山将军。赵寿山是驻甘肃的国民党部队的司令，与乐然关系不错。最终，他们都被争取过来，而且全心全意同共产党中央政府合作。乐然坚持不懈地细致工作，他和所有的为此作出努力的人们，都为西北的解放作出了巨大的贡献。"我大量引用路易·艾黎的文字，是想说明在韩乐然的研究当中有忽略其历史作用的倾向。

目前国内对韩乐然的研究较为深入的学者有：（1）中央党校崔龙水教授，他撰写了《革命家、艺术家——韩乐然》的论文，主要从韩乐然的革命活动的角度作出论述；（2）中国美术馆研究员刘曦林，他的研究侧重在艺术活动和考古等方面，撰写有《血染丹青路——韩乐然的艺术历程与艺术特色》一文；（3）鲁迅美术学院李光军博士，他在韩国圆光大学用朝鲜语完成的博士论文，

1994年《美术》第二期

其题目就是《韩乐然的生平与艺术哲学研究》。从1943年韩乐然被营救出狱到1947年7月底他遭遇空难不幸逝世，在他生命的最后五年里，以艺术与考古为掩护在西北高层做大量的统战工作的事实，在三位学者的研究中几乎没有什么论述，只有崔龙水教授在他的文章的总论部分写到"他长期从事党的统战工作，曾与国民党元老于佑任及西北军政要员张治中、陶峙岳交往甚密"，一语带过。在统一战线的联络员一章中，崔教授只讲述了韩在1943年入狱之前的统战工作，而对他出狱之后的五年间，以"东西文化结合的先行者，历史文物的卫士，民族团结的模范"三个章节从不同侧面作出论述，却没有提到韩的重大使命即西北高层统战，只提到"与路易·艾黎促膝谈心，在武威秘密会见赵寿山同志"等。刘曦林先生的文章，虽然以血染丹青路这样极富感情色彩的词语命题，但全文只守在艺术领域，特别强调了韩乐然的西北写生形成的艺术风采和在石窟考古领域所作出的贡献。李光军博士延用盛成教授的"中国的毕加索"之说，并在其博士论文中引用了毕加索的文章《我为什么加入共产党》，在两相比较之后却得出一个不正确的结论，"对韩乐然后期的评价，与其将其评价为在西域共产党活动中作出贡献的人，不如在单纯意义上将其评价为考古学家"。我之所以认为这个结论是不正确的，是因为它既不符合当时的历史事实，又不符合中国文化传统乃至东亚文化圈对历史人物的评价标准。中国文化对于艺术人物的评价从来是人品艺品合在一起谈的，并且人品重于艺品。这个思想是根深蒂固的，并且传播到韩国。这也就是为什么韩国的权弼宁教授非要讲：韩乐然"即便他并没有在韩国国内活动，作为一位无可争辩的韩国画家，他在韩国的地位应当得到重新评价是非常必要的"。朴美花也在讲"他是韩国人，却在中国出生，"说什么韩乐然"为了避开当局耳目不得不开始彻底地伪装成中国人"云云的根本缘由。

对于韩乐然的生平与艺术评价，我以为盛成先生说得准，"乐然的画与乐然的人，是不能分的。他的画，如其人；他的人，如其画；他的人品，就是他的画品；他的画格，就是他的人格"。他的革命斗争事迹，盛成先生讲了两件：一是为发展甘南藏族拉卜楞领袖扬再兴兄弟为党员之事，杨氏兄弟，兄为喇嘛，宗教首领，弟为司令，军事统帅。后来西藏解放时，就是由他们弟兄引进刘邓大军去西藏的。另一件是在甘肃省政府警卫队发展党员，后来甘肃省政府向新疆撤退时，由省府卫队引领彭德怀20万大军，日宿夜行，偷过星星峡，解放新疆。盛成先生说："这两件大事，是将世界屋脊新疆和西藏各民族团结在我们中华人民之中，造成高屋建瓴之势，是我中华人民，继承汉、唐、元、清以来的版图，不受强邻割裂。这是韩乐然烈士的革命斗争丰功伟绩，也是他最重要的不朽的贡献。" 盛成先生是20世纪中国一位集作家、诗人、翻译家、语言学家、汉学家为一身的著名学者。在"五四"运动中，他与周恩来、许德珩等学运领袖，结为亲密的战友。1919年留法勤工俭学。20年代初，他加入法国社会党，并参与创建法国共产党，并担任该党早期的领导人。他凭借自己所具有的崇尚自由和热爱艺术的个性，很快又加入到超现实主义"达达"运动的波澜

花瓶之一

之中。1928 年，盛成以自传体小说《我的母亲》震动法国文坛，该书的出版不仅有诗人瓦雷里的万言长序，盛赞这部作品改变了西方人对中国长期持有的偏见和误解，还得到著名作家纪德、罗曼·罗兰、萧伯纳、海明威、罗素等人的高度评价，并先后被译成英、德、西、荷、希伯莱等十六种文字在世界各地出版发行。盛成先生饮誉法国文坛和艺术界之时，正是达达主义向超现实主义转型之期。他是深知超现实主义的谛奥的。他说韩乐然"与毕加索一色一流，比现实还现实的超现实派"是有着学理根据的。在超现实主义盛行时的法国，韩乐然和盛成曾就艺术理论问题有过激烈争论。韩乐然的作品中有没有超现实主义的因素，只需观赏《向着光明前进的藏民》和《天山脚下的歌舞》，那种人物形象漂浮的感觉，仿佛使你进入夏加尔的梦幻。就艺术方面而言，盛成把韩乐然比成"中国的毕加索"并不是老先生的心血来潮，他认为韩乐然的画"生动而活泼，""轮廓跳跃在纸上或布上，可以看出点与线在舞蹈。人物如此，风景如此，景物莫不如此。我说他是活画家"。这个活画家实际上就是与毕加索同格的艺术创造力和不断求索的艺术精神。

综上所述，我认为目前对于韩乐然的研究，不应仅仅停留在艺术与考古层面。不能因为他在隐蔽战线上工作不得不打着艺术与考古旗号，我们就把艺术与考古当作他的事业的全部追求，在评价他在艺术与考古取得辉煌成就的同时，我们更应该注意他为中国人民解放事业作出的贡献。

三、韩乐然研究可拓展的空间

韩乐然作为一个人物个案具有太多的独特性、鲜明性和生动性。在中共党史研究中，韩乐然是否是中国朝鲜族第一位中国共产党员，目前尚无定论；但可以肯定的是，他是中国美术界的第一位中国共产党党员。在中国美术界有许多具有深远影响的人物，如刘开渠、吴作人、常书鸿等，他们都有赴法旅欧留学的背景，韩乐然和他们一样，并在法国参与发起创立 "中国留法艺术学会"，然而与这些人不同的是，他还具有和周恩来、邓小平、陈毅等赴法勤工俭学的革命家一样的中共党员的秘密身份。他在中国的西部做秘密的统战与民族工作的同时，成为率先注意到中华民族历史文化渊源和影响力的为数不多的学者之一。而他的少数民族身份又使得他在与西部各少数民族的交往中如鱼得水，在他之前的画家几乎无人关注中国西部民族的生存状况和生活细节。因此对于韩乐然的研究应当继续深入展开，仅仅从中共党史、美术学、考古学的某个领域研究是不够的。我们还可以从地理的角度对韩乐然的生平活动做出研究，可以肯定的说，目前关注韩乐然的研究的学者没有一个人走遍韩乐然所到过的地方。中国的东北地区和西北地区，欧洲的法、比、荷、西等国家，都可以成为韩乐然研究的重要地域。我认为目前最具有研究价值和可行性的当属中国的西北地区。

1994 年《美术》第二期

韩健立女士对于韩乐然在中国西北的活动有着资料翔实的叙述，本文不再例举。2005 年中国美术馆曾就韩乐然的研究申报过社会科学课题，如果那时得到重视就会使关于韩乐然的研究迈进一大步。相信追踪60年前韩乐然生命最后阶段在西北的活动，一定会发现许多新的资料，并获得详实丰厚的研究成果。

韩乐然研究也可以从"中国留法艺术学会"入手。1932年韩乐然在巴黎同刘开渠、曾竹韶、陈芝秀、常书鸿、陈士文、滑田友、王子云等到法国学艺术的中国留学生发起创立了"中国留法艺术学会"。当时韩乐然叫韩素功，最近从韩健立老师那里得到常沙娜先生转发给她的有常书鸿、陈芝秀、王临乙、陈士文、曾竹韶、吕斯百、韩乐然在一起的合影照片，就是很好的证明。那时他们多数人的作品入选法国沙龙，还有一些会员的作品在刊物上发表。对于这批留法艺术学子的研究，一定会极大地丰富中国现当代美术史的内容。包括韩乐然在内的这批留法艺术学子，健在的还有百岁老人著名雕塑家曾竹韶先生，他们的影响今天仍然是广泛和深刻的，对这批艺术家作品的寻觅，肯定会成为收藏与研究的亮点。现在留存下来的保存在家属手里的韩乐然作品，只有一张油画《在凯旋门前的自画像》，两张水彩画《收割》和《大海》，以及一本他自己拍摄的"一九三二至一九三七年留欧生活中作品留影之一"相片册。其中有韩乐然自己创作的33幅作品（18幅油画和15幅水彩画）照片，4幅活动的照片（2幅为韩乐然在巴黎卢森堡公园专心作画，周围一些欧洲人围观；1张是他在住处狭窄的阁楼里作画，墙上挂着他画的水彩画《桥》的照片；另1张是他在巴黎晚报的工作照）。这些不仅是对韩乐然30年代在欧洲生存与活动研究的重要线索，而且也是对那个时代一批赴法旅欧学子进行研究的重要线索。

此外，从1937年底回国到1947年7月遭遇空难，是韩乐然最具生命活力和社会影响力的十年，这个阶段值得研究。韩乐然作为中共旅欧党组织选派的护送抗日将领杨虎城将军回国的十青年之一，仅两年时间就成为国民党战地党政委员会的少将指导员，这个变化本身就具有相当的传奇色彩。在武汉参加东北抗日救亡总会工作，任党组成员，负责抗日救国活动宣传工作。他拍摄了大量抗日照片，发往欧美各国，进行国际宣传；协助国际友人史沫特莱筹办战地医护人员训练班；筹款置药支援新四军、八路军；绘制抗日宣传画《不愿做奴隶的人们起来，消灭帝国主义》高悬在汉口海关大楼；完成巨幅绘画《全民抗战》悬挂黄鹤楼上。这些活动目前有实物佐证的是为《反攻》杂志封面绘制宣传画。

韩乐然于1940年被国民党特务机关秘密逮捕，1943年被中共党组织营救出狱。出狱后，仍受国民党限制不许离开西北地区。此后西北民族民间民俗考察和敦煌、克孜尔石窟的壁画研究形成他的一条活动的明线，而高层统战工作则是他做得最为成功的、对中华民族解放事业贡献最大的一条暗线。我们知道中国共产党的秘密党员赵寿山时任国民党第三集团军总司令，1947年7月通电起义之时，正是韩乐然遭遇空难之际。因此，韩乐然之死，是罹难还是谋杀，至今仍然是个谜。

1998年《缅怀韩乐然》一书出版

《中国美术馆》2005年第四期

韩乐然绘画语言及相关问题

陈俊宇

　　韩乐然作为活跃于 20 世纪上半叶的一个富于传奇色彩的艺术家，由于历史的诸多原因，美术界并没有对其艺术给予太多的关注。今日，我们扫开历史的尘封，去"追述"韩乐然——这位肩负着革命开拓事业，同时也从事着美术事业的开拓者的艺术历程时，会发现无论从其 20 世纪 20 年代在上海完成的学业，还是 30 年代在法国完成的艺术深造，以及 40 年代奔驰于西部考察洞窟艺术，在其不长的一生中可以领略 20 世纪前半期艺术景观的丰饶。韩乐然现象让笔者想起了 20 世纪中国美术史上一个耐人寻味的历史现象——艺术家的身份问题。由于 20 世纪中国特殊的历史、政治、文化因素，从而出现一批身兼革命家、文人、教育家、艺术家多种身份的艺坛名家，他们投身革命的同时在艺术也取得非凡的业绩，并以其特殊的身份介入并影响了中国现代美术史的发展，如艾青、何香凝、江丰、亚明、赖少其、韩乐然等。我们如何对这一类的艺术家给予恰如其分的评价，并从中汲取知识性的认知？对韩乐然的艺术生涯和艺术成果的重视和研究，将会为我们研究现代中国美术史增添丰富的视野。

1912 年创办上海图画美术院时的刘海粟

一

　　追述韩乐然从艺的源头，不得不提及 20 世纪 20 年代上海对韩乐然的影响，值得留意的是，韩乐然是有学历可供稽考的那一类艺术家。众所周知，基于 20 世纪初期中国美术教育事业荜路蓝缕的开端，对于近代的大部分艺术家而言，艰辛跋涉的求学历程对当事人而言都可谓是刻骨铭心的人生财富。囿于此，对这一批艺术家"学历"的关注，未始不是切入我们所要考察对象的知识结构的一个有效的角度，在某种程度上，"学历"基本奠定艺术家一生艺术探索的志趣所在，尤其在信息资源极为贫乏的 20 世纪初，这是研究这一时期艺术家不容忽略的一个因素。据现有的资料所示，韩乐然于 1920 年春季就读于上海美术专科学校西洋画系，[1]学制三年，与著名漫画家鲁少飞同窗，而由家属所撰的年表中言明这时期的韩乐然曾受"王济远、吕征、洪野等名师教导"。由于时代久远，关于韩乐然在上海求学这一时期的作品并没有留下来，我们无法以对照作品详加分析，但这并不妨碍我们根据韩乐然所处的艺术背景从而推断其艺术趣味最初生成的特征。正如一位历史的当事人记述的那样：

> 大概到民七八年以后，才渐次见有学生留欧习画的人先后归来。他们大致也都先后地为'美专'聘为西画科教师，当时闻名的，最初似有李超士（约民九年）、吴法鼎、李毅士等；在后几年回来的，有邱代明、陈宏、高乐宜、王远勃、潘玉良、刘抗、张弦等。关于他们个别的作品，我所见不多，但就大体的作风倾向而说，似可分为两部类。一种是洋画上最通俗的方式，例如李超士、李毅士等，另一种是带上一点印象派风味的，例如邱代明、陈宏、潘玉良、刘抗等。就中比较，最显著的一位是张弦，他从"上海美专"毕业后，赴法留学，回国时期也较晚，他的作风似是而非比较多吸染了一点现代艺术的气味。

> 民七八年以后的好些年间，"上海美专"也经过了好几个美术教师的传入方式，而学制和规模也逐渐改变起来了。大约民八年时候，美专校长刘海粟，也曾一度旅游日本东京，视察日本的现代美术。大概这一次旅行，于他总有多少裨益。

> 民十年（一九二一年）初夏，已完成了"东京美校"五年间的学程，而回到上海了。民十一年光景，也曾在"美专"教过半年，这是二次和"美专"方面接触的时候。当然，那时美专的规模，已不是初期的美专了，虽则它仍有着美专传统的老调，那时候，人体写生也已经开始了。那个时期，李超士、李毅士等教授，此外，有俄国画家朴特古斯基（v·podgursky），也有专教水彩画的王济远，以及曾在东京"太平洋画会"的关良，也都是"上海美专"的教授。在那数年之间，美专学生人数也着实不少，多数是从内地到上海学习西洋画或艺术教育的。

> 民十年前后期间，上海的洋画研究风气似乎已经通过了相当长久的"摸索时期"，而开始呈现"开拓时期"的时候来了。[2]

在陈抱一所述的一系列洋画家中，我们不难从中领略1920年左右上海美术教育发展的日趋繁盛的局面，在现代艺术史上，上海是近世西学东渐的前站，而上海美专更是中国"洋画"界的先驱和发源地，如陈抱一概括的那样"民十年"左右是上海洋画的"开拓"时期，而当日笼罩近代"洋画"运动的中心——上海滩的西洋绘画风格形态主要是源于西欧的古典画风和经过日本或留学生过滤的"印象派作风"两者相激荡的局面，而更为激进、具有现代主义潮流意识的表现主义思潮似乎尚未于其中展开局面。这正巧是韩乐然在进入"上海美专"之时。作为躬逢其盛的学子，依常理推断，韩乐然这位趋时求新的艺术青年对当时上海的洋画形态不可能不引起由衷的热情，韩乐然在这期间甚至组织过"青年画会"而对抗海上老牌美术社团"天马会"（有资料提及，由于史料贫匮，有待日后讨论）。美术史的经验常常告知我们，艺术家所身处环境具有"时尚"意味的流行艺术样式往往左右着艺术家艺术探索的方向，以韩乐然的现存油画作品对照海上西画诸家如刘海粟、陈抱一诸人早期的作品，我们不难从其捕获到一脉相承的时代气息，或者说，整合西欧学院派的古典画风与法国印象派的外光画法作为语言结构的新写实画风一直是韩乐然憧憬的一种理想。因此我们可以说，无论是从事艺术还是投身革命，韩乐然早在20世纪初期的上海这个中国社会的现代转型的发源地，奠定了

上海美专

双孔桥

熟习西学的新型知识分子的形象。在其 1924 年离开上海直至 1937 年在法国勤工俭学十多年时间，韩乐然一直乐意以艺术家的身份示人，虽然其真实的意图是进行党的地下工作，但无论其作为创办"奉天美术专门学校"的校长，还是哈尔滨普育中学的国画教员，以及在巴黎的游学生涯，在其行色匆匆的身影中不难找到类似于上海美专的师长们艰辛而经典的艺术家足迹。因此，韩乐然赴欧的学习经历从某种程度来说是沿着师辈的足迹，溯源来校正和丰富自己学生时代所领略的艺术胜景。我们从韩乐然当年在欧洲写生作品（现存仅有黑白照片）可以感受得到，这种从师辈继承下来——兼融学院古典与印象外光的语言结构在其赴欧多年的游历写生中得到进一步的技巧磨练和融入越来越多的切身表达。在这些作品中我们见到其真正兴趣所在还是风景画，尤其是街景。在其笔下，无论是巴黎的街头、里昂的建筑物还是塞纳河畔的轮船，都在恰当的空间氛围中得到轻快的表述。其画如其人，意态从容而富于说服力，具有作者感观世界的真实性，显然，韩乐然是那类对自己周遭环境保持着高度敏感的人，在其流畅而简括的笔致中无不寄托着一个热诚的画家对造化的亲和感。韩乐然在艺术资源丰富的欧洲选择深化自己艺术语言作为自己留学的主攻方向，而非寻找艺术的新大陆，无疑出于自己思路的内在逻辑。同时，其笔下这种朴素真挚的绘画语言也包含着一个游学海外的革命者的精神归宿："我始终是朝着向伟大自然和广大的人群学习"[3]。这一种既富于道德感召意味，也不无强调感受世界诗性抒发的艺术观，在韩乐然生命最后几年，其在描绘西北大地"伟大自然和广大的人群"中得以淋漓尽致地发挥。

繁忙的马赛港

赛纳河的傍晚

巴黎街景

二

"我从新疆回来，接到他在西安来信，全是讨论当前绘画工作的问题。记得他对一般西洋画研究的同学为了猎取目的，从事制作不纯熟的国画产生了怀疑态度，他个人对西洋画抱绝大的信念，不因为一时不能像商品一样的脱售发出绝望的呼声。他是为作品本身着想的，假期使以为不纯熟的国画与不纯熟的西洋画来比还不是一样道理吗？"[4]

这是鲁少飞在缅怀韩乐然时所回忆的一个片段，这表明于 1937 年回国的韩乐然已察觉画坛风气和他在国内时有很大的变化——从事"西洋画研究的同学"已改画国画，他对此表示极大的不满并提出批评：

艺术界多数作家们为了应付生活，而且不惯于突然的激变，不是惊弓之鸟心意不定而彷徨，就是毫无顾忌地走向投机取巧之路。尤以学西画的作家们转向合俗而适于生活的国画路线，甚至有些曾自鸣大师的作家们居然竟认为"此路可通"，以此自己积富，同时影响后进，结果造成了抗战期间到处放弃艰苦学习而得到的西画技巧的风气。[5]

韩乐然去欧洲的 8 年期间，艺坛的发展和所关注的问题已非其在国内的情形。从 20 世纪 20 年代到 30 年代，正是中国美术现代化过程中出现众多主张的阶段，各种"语话"轮番上场争论不休，在这期间美术界发生较为著名的事件有：1927 年广东国画界"折衷派"和"国画研究会"之争，1929 年第一届全国美展期间徐悲鸿、李毅士、徐志摩关于如何对西方现代艺术之争，接踵而来是 30 年代"决澜社"和"中华独立美术协会"为代表的现代美术前卫运动的兴起。一时之间，关于"中西"、"新旧"、"现代与传统"等问题呈现出错综复杂的关系（审理其中发展的此消彼长不在本文论述之内）。而韩乐然远在欧洲，相信对其中情形并不了然，故其回国之后——20 世纪 30 年代中后期美术界则是另一番景象，对这一时期美术界的文化背景，笔者援引一个观点：

> 30 年代中期，中国美术界已经呈现这样的一种迹象——不仅曾经在日本接受洋画教育的艺术家如丁衍庸、关良、汪亚尘，包括那些留欧的艺术家如徐悲鸿、林风眠，都已经主动转向从传统国画中汲取经验，有的甚至改弦易辙选择中国画实践。[6]

因此，韩乐然于此时回国见到国内画坛风尚之变而发出批评也就不足为奇。

如李伟铭所论，呈现于 30 年代中期"民族化"的美术思潮，显然出于国粹派画家和留洋画家两者合力的结果，同时也是中国传统文化对西方文明的一种富于历史理性的回应（其中论述过于庞杂，不在本文中展开）。而事实上，随着抗日战争的全面爆发，日益深重的民族危机更加加剧整个文化界对传统价值的重视，传统艺术的价值与意义也在这个特别的历史时期得以重新诠释。伴随着以敦煌为代表的西部美术考古热潮从而引发美术界重新审视自我的热潮，奔赴西部考古因之进行创作的并非韩乐然一个孤独的身影，而是美术界的一股热潮。从 1940 年开始就有王子云为团长的"西北艺术文物考察团"对西北五省的艺术文物进行了抢救和考察，而 1941 年至 1943 年间则有张大千率众远涉敦煌临摹并考察壁画，1943 年又有赵望云、关山月、张振铎赴敦煌临摹考壁画，及 1944 年敦煌艺术研究所成立，常书鸿任所长等。不得不提的是，一批洋画家们纷纷到西北汲取传统的养分，走向西部"朝拜"——走向神坛的石窟艺术，并从其中寻求启发，如吴作人、司徒乔、吕斯百、董希文等都有西部之行，他们在油画本土化的尝试无一例外地得到同行和社会的认同。洋画家们在"民族化"美术热潮中汲取时代的能量和感召而勇于探索"油画民族化"之路，不能不说是中国百年油画发展史的重大转向。以这样的文化背景去思量韩乐然 1945 至 1947 年在西部的艺术考古活动，除了出于革命工作所需，无疑也是激于时代的感召力所致。值得注意的是韩乐然这一时期的艺术思维也因考察新疆洞窟壁画从而促成其绘画语言的转化发展，因而达到其艺术的高峰。正如杨力舟先生所言：

> 他（韩乐然）的油画构图饱满，清新明快，笔触流畅，随意挥洒，色彩厚重，人物形象生动，极富民族特色和生活情趣。水彩画亦画得动情，造型单纯概括，色彩明亮而透明，浪漫富有诗意，水分饱满轻快，虽然都是些小幅作品，然而画面容量丰富耐看，他最早用西方绘画工具临摹中国古代壁画，色彩古朴，造型优美，格调高雅，东西方绘画结合得十分美妙。[7]

正如韩乐然的代表作《拉卜楞庙前歌舞》所示，其油画艺术已迈向民族特色的探索，细读其作品已纳入传统壁画的经验，不斤斤计较细部的变化，甚至淡化人物面部的造型，而试图以形像的体积感

静静的夏日小湾

凯旋门前的汽车流

收割

和色彩的装饰性语言来表达其对西部壮阔雄健的阳刚之气的感叹！这种大刀阔斧的作风和其早年不无印象意味的精细画法有着本质之转向，假以天年，定然让人耳目一新，可叹事与愿违，不能不为之浩叹。

    本文就韩乐然先生在20世纪上半期艺术历程的几个问题展开探究，笔者发现一旦随着话题展开会引领我们涉及近代中国美术发展进程的具体图景，真正含而未发的问题还隐含其中，有待有心人去开发，本文仅是抛砖引玉，期待更多的学者对这一时期作出更为深入的研究。

街边的小桥

注释:

(1)据漫画家鲁少飞回忆，1920年春其与韩乐然入上海美专。见《缅怀韩乐然》第23页，民族出版社，1998年版。

(2)陈抱一《洋画运动过程略记》，见《20世纪中国美术文选·上卷》第547页，上海书画出版社，1999年版。

(3)韩乐然《看了陆其清先生画展之后》，见《缅怀韩乐然》第226页，民族出版社，1998年版。

(4)鲁少飞《悼乐然同学》，见《缅怀韩乐然》第274页，民族出版社，1998年版。

(5)韩乐然《走向成功之路》，见《缅怀韩乐然》第274页，民族出版社，1998年版。

(6)李伟铭《寻找"失踪者"的踪迹: 谭华牧及其绘画》，见《图像与历史: 20世纪中国美术论稿》中国人民大学出版社，2005年版。

(7)杨力舟《光彩照人的艺术珍品》，见《缅怀韩乐然》第274页，民族出版社，1998年版。

原野

马赛港一角

壁画临摹类

敦煌莫高窟126洞窟飞天 1976

摹绘二菩萨像　克孜尔 80 窟
64cm × 46.5cm ／ 1946 年／油画／中国美术馆藏

摹绘听道图（乞食）敦煌257窟
65cm × 91cm/1946年／油画／中国美术馆藏

摹绘落发图　敦煌257窟
64cm × 91cm/1946年／油画／中国美术馆藏

摹绘成佛图　敦煌257窟
65cm × 91cm/1946年／油画／中国美术馆藏

摹绘天花板上的三佛像图　克孜尔67窟
64cm × 89cm/1946年／油画／中国美术馆藏

摹绘佛奘飞天图　克孜尔63窟
89cm×64cm/1946年／油画／中国美术馆藏

摹绘群兽听道图　克孜尔63窟
49.5cm×64.5cm/1946年／油画／中国美术馆藏

骑象佛与猴子献果图　克孜尔38窟
49cm × 65cm/1946年 / 油画 / 中国美术馆藏

摹绘佛像图 克孜尔

50cm × 65cm/1946 年／油画／中国美术馆藏

摹绘佛像图（千佛）克孜尔壁画摹写

70cm × 374cm/1947 年／油画／中国美术馆藏

摹绘佛像图（树下观耕） 克孜尔227窟
46cm × 62cm／1947年／油画／中国美术馆藏

佛与持灯者（说法） 克孜尔
67cm × 51.5cm／1947 年／油画／中国美术馆藏

沉思的佛像　克孜尔

139cm × 65cm/1947 年 / 油画 / 中国美术馆藏

摹绘佛像图（坐佛） 克孜尔
90cm × 67cm/1947 年／油画／中国美术馆藏

摹绘宇宙图（象征日月星辰风火智慧善恶）　克孜尔38窟

324cm × 52cm/1947年／油画／中国美术馆藏

（摹绘宇宙之局部）

摹绘太阳神图（之一） 克孜尔

64.5cm × 50cm/1947 年／油画／中国美术馆藏

摹绘太阳神图（之二）　克孜尔
70.5cm × 53.5cm／1947 年／油画／中国美术馆藏

摹绘佛奘乐伎图　克孜尔118窟
90cm × 64cm/1947年／油画／中国美术馆藏

摹绘菩萨立像图　克孜尔
90cm × 60cm/1947 年／油画／中国美术馆藏

摹绘悲伤的白衣信徒　克孜尔

66.5cm × 49cm/1947 年／油画／中国美术馆藏

摹绘献果飞天（之一）　克孜尔
32.1cm × 47.8cm/1946 年 / 水彩 / 中国美术馆藏

摹绘献果飞天（之二）　克孜尔
32.3cm × 47.7cm/1946 年 / 水彩 / 中国美术馆藏

摹绘献果飞天（之三）　克孜尔
32.3cm × 47.7cm/1946 年／水彩／中国美术馆藏

摹绘伎乐飞天　克孜尔
32cm × 47.3cm/1946 年／水彩／中国美术馆藏

摹绘隋代飞天　敦煌莫高窟86窟
32cm × 46cm/1946 年／水彩／家属藏

摹绘宋飞天（之一）　敦煌莫高窟98窟
29cm × 49cm/1946 年／水彩／家属藏

摹绘宋飞天（之二） 敦煌莫高窟98窟
29cm × 49cm/1946年/水彩/家属藏

摹绘唐飞天（之一） 敦煌莫高窟126窟
28cm × 39.5cm /1946年/水彩/家属藏

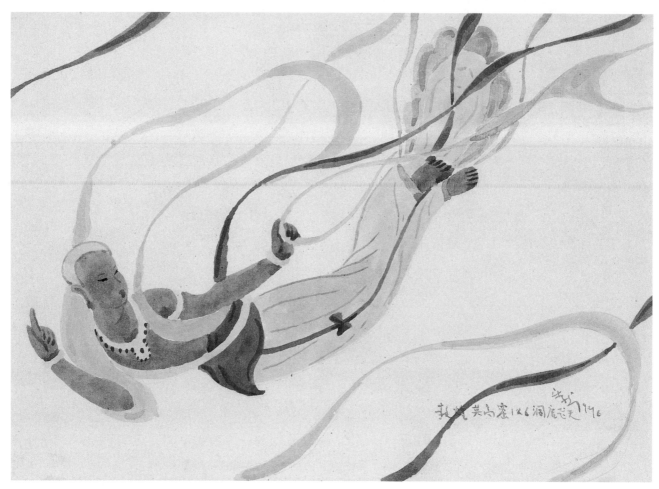

摹绘唐飞天（之二）　敦煌莫高窟126窟

28cm × 39.5cm／1946年／水彩／关山月美术馆藏

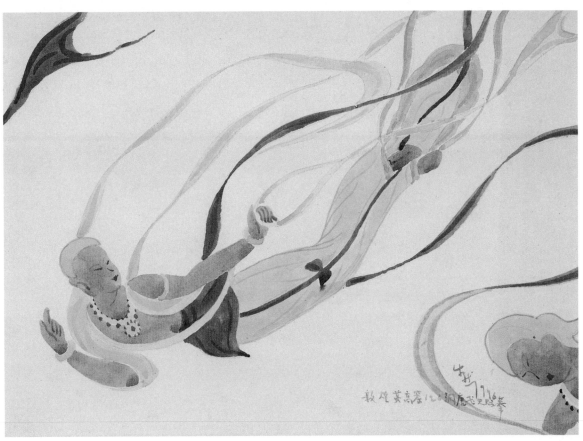

摹绘唐飞天（之三）　敦煌莫高窟126窟
28cm × 39.5cm /1946年 / 水彩 / 家属藏

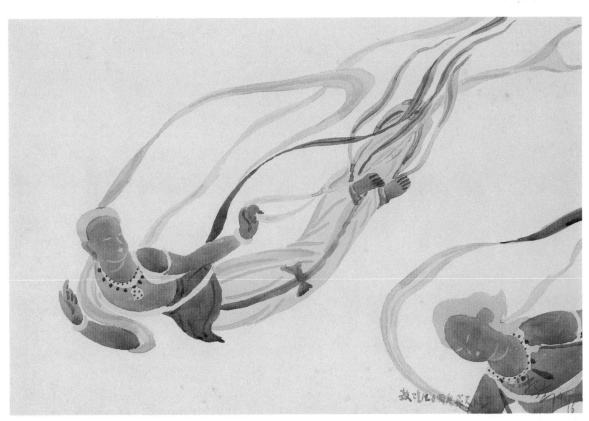

摹绘唐飞天（之四）　敦煌莫高窟126窟
28cm × 39.5cm /1946年 / 水彩 / 家属藏

摹绘魏飞天　敦煌莫高窟 249 窟
30cm × 49cm／1946 年／水彩／家属藏

摹绘供养人　敦煌
32cm × 47.5cm ／1946 年／水彩／家属藏

摹绘魏飞天　敦煌莫高窟 216 窟

47cm × 32cm／1946 年／水彩／家属藏

摹绘雷神　敦煌莫高窟85窟

32cm × 47cm/1946年 / 水彩 / 家属藏

弦乐飞天　克孜尔 15 窟

32cm × 46cm/1946 年 / 水彩 / 家属藏

风俗画、风景画类

毯 市
200cm × 150cm/1945 年／油画／私人藏

牧 场（甘南藏族自治州）

50cm × 64cm/1945 年／油画／中国美术馆藏

拉卜楞寺前歌舞

137cm × 228cm/1945 年／油画／中国美术馆藏

赛马之前（河西走廊）
47.5cm × 62.5cm／1945 年／油画／中国美术馆藏

赛 马(河西走廊)

48.2cm × 62.5cm/1945年／油画／中国美术馆藏

拉卜楞寺全景

45cm × 60cm/1945 年 / 油画 / 中国美术馆藏

向着光明前进的藏民（甘南藏族自治州）

80cm × 117cm/1945 年 / 油画 / 中国美术馆藏

舞 蹈(甘南藏族自治州)
54cm × 72cm/1945年／油画／中国美术馆藏

青海塔尔寺庙会
37cm × 54cm/1945年／油画／中国美术馆藏

塔尔寺前朝拜

37.5cm × 55cm/1945 年 / 油画 / 中国美术馆藏

哈萨克妇女捻毛（河西走廊）

48cm × 62.5cm/1945 年 / 油画 / 中国美术馆藏

山丹学生看显微镜(河西走廊)

50cm × 64cm/1946年 / 油画 / 中国美术馆藏

渡 河(新疆)

65cm × 91cm/1946年 / 油画 / 中国美术馆藏

途中做礼拜（新疆）
50cm × 65cm/1946 年／油画／中国美术馆藏

老夫少妻（新疆）
50cm × 65cm/1946 年／油画／中国美术馆藏

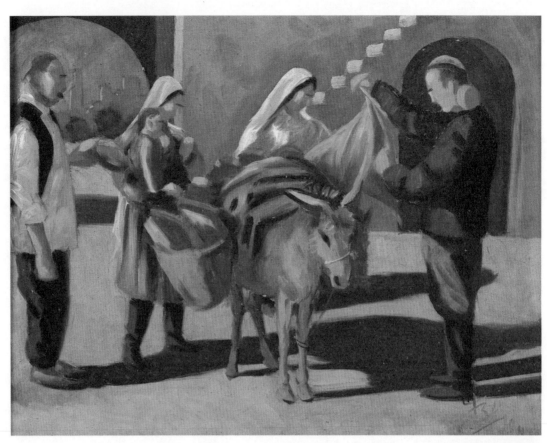

货郎图（新疆）

50cm × 64cm/1946 年／油画／中国美术馆藏

塔尔寺

37cm × 49.9cm/1945 年／水彩／中国美术馆藏

库车妇女卖鲜果酸奶

47.5cm × 62.5cm/1946 年 / 油画 / 中国美术馆藏

南疆习俗——浪园子

50cm × 65cm/1946 年／油画／中国美术馆藏

喇嘛庙一角（甘南藏族自治州）

37cm × 49.8cm/1945 年／水彩／中国美术馆藏

喇嘛庙（甘南藏族自治州）

24.8cm × 32.3cm/1945 年／水彩／中国美术馆藏

候夫晚餐（河西走廊）

29.8cm × 39.7cm／1945 年／水彩／中国美术馆藏

古烽台（河西走廊）

31.3cm × 47.6cm／1945 年／水彩／中国美术馆藏

哈萨克妇女捣米(河西走廊)
31.6cm × 47.3cm/1945 年 / 水彩 / 中国美术馆藏

浣 衣(甘南藏族自治州)
32.1cm × 47.5cm/1945 年 / 水彩 / 中国美术馆藏

取 草（甘南藏族自治州）
32cm × 47.5cm／1945 年／水彩／中国美术馆藏

拉卜楞街市
37.5cm × 63.9cm／1945 年／水彩／中国美术馆藏

女木工（甘南藏族自治州）

31.6cm × 47.3cm／1945 年／水彩／中国美术馆藏

负 水（甘南藏族自治州）

31.9cm × 47.5cm／1945 年／水彩／馆藏

山麓消夏（新疆）
13.8cm × 47.4cm/1945 年／水彩／中国美术馆藏

草原上的生活（新疆）
32.4cm × 47.8cm/1945 年／水彩／中国美术馆藏

流沙掩埋的故城（新疆）

31.3cm × 47.9cm/1945 年／水彩／中国美术馆藏

修筑天兰铁路（之一）

31.7cm × 47.3cm/1945 年／水彩／中国美术馆藏

修筑天兰铁路（之二）
37.1cm × 49.9cm/1945 年／水彩／中国美术馆藏

修筑天兰铁路（之三）
32.1cm × 47.6cm/1945 年／水彩／中国美术馆藏

修筑宝天铁路（之一）
37cm × 49.9cm/1945 年 / 水彩 / 中国美术馆藏

修筑宝天铁路（之二）
32cm × 47.3cm/1945 年 / 水彩 / 中国美术馆藏

修筑宝天铁路（之三）

32cm × 47.3cm /1945 年 / 水彩 / 中国美术馆藏

兰州黄河大水车

32.1cm × 47.5cm/1945 年 / 水彩 / 中国美术馆藏

兰州城外纺牛毛

29.4cm × 39.3cm/1945 年 / 水彩 / 中国美术馆藏

兰州兴隆山握桥

37cm × 49.9cm/1945 年 / 水彩 / 中国美术馆藏

兰州黄河桥头瓜市
31.9cm × 47.6cm/1945 年／水彩／中国美术馆藏

砖瓦窑秋景(甘肃)
32.4cm × 47.7cm/1945 年／水彩／中国美术馆藏

耕田（甘肃）

37cm × 49.8cm/1945 年／水彩／中国美术馆藏

河西走廊耕地

31.6cm × 47.7cm/1945 年／水彩／中国美术馆藏

河西走廊农家
31.8cm × 47.4cm/1945 年 / 水彩 / 中国美术馆藏

河西走廊水磨
32.2cm × 47.6cm/1946 年 / 水彩 / 中国美术馆藏

河西走廊挖地

36.9cm × 50.2cm/1947 年／水彩／中国美术馆藏

纺羊毛（甘肃）

32.3cm × 47.7cm/1946 年 / 水彩 / 中国美术馆藏

洞内外眺之一（新疆克孜尔）

32.3cm × 47.8cm/1946 年 / 水彩 / 中国美术馆藏

洞内外眺之二（新疆克孜尔）

47.5cm × 32.3cm/1946 年／水彩／中国美术馆藏

洞内外眺之三（新疆克孜尔）

32.3cm × 47.5cm/1946 年 / 水彩 / 中国美术馆藏

出售奶酪鲜果（新疆）

32.2cm × 47.6cm/1946 年 / 水彩 / 中国美术馆藏

库车钳工
32.3cm × 47.7cm/1946 年／水彩／中国美术馆藏

高昌古城遗址（之一）
31.7cm × 47.6cm/1946 年／水彩／中国美术馆藏

高昌古城遗址（之二）
32.1cm × 47.6cm／1946 年／水彩／中国美术馆藏

高昌古国废墟
32.4cm × 47.8cm／1946 年／水彩／中国美术馆藏

吐鲁番一条街
32.3cm × 47.7cm/1946 年 / 水彩 / 中国美术馆藏

吐鲁番的村庄
32cm × 47.5cm/1946 年 / 水彩 / 中国美术馆藏

风干葡萄的建筑（新疆）

32.4cm × 47.7cm/1946 年 / 水彩 / 中国美术馆藏

哈密街市

32cm × 47.6cm/1946 年 / 水彩 / 中国美术馆藏

哈密王坟（新疆）
32.2cm × 47.7cm/1946年／水彩／中国美术馆藏

沙漠途中休息（新疆）
32.1cm × 47.4cm/1946年／水彩／中国美术馆藏

种马场（新疆）

32.1cm × 47.4cm/1946 年／水彩／中国美术馆藏

开都河上取水（新疆）

32cm × 47.6cm/1946 年／水彩／中国美术馆藏

宁静的寺院（新疆）
32.1cm × 47.4cm/1946 年 / 水彩 / 中国美术馆藏

清真寺（新疆）
31.7cm × 47.6cm/1946 年 / 水彩 / 中国美术馆藏

维族人烤馕
32.2cm × 47.6cm/1946 年／水彩／中国美术馆藏

维族用餐
32.2cm × 47.7cm/1946 年／水彩／中国美术馆藏

维族人的住宅

31.6cm × 47.7cm/1946 年 / 水彩 / 中国美术馆藏

哈萨克帐篷

32.1cm × 47.4cm/1946 年 / 水彩 / 中国美术馆藏

织马搭子（新疆）

31.8cm × 47.8cm/1946 年／水彩／中国美术馆藏

把水引到田里（新疆）

32.1cm × 47.4cm/1946 年／水彩／中国美术馆藏

燻皮子（新疆）
32.3cm × 47.7cm/1946 年／水彩／中国美术馆藏

汲水（新疆）
32.1cm × 47.6cm/1946 年／水彩／中国美术馆藏

和硕名马（新疆）
31.6cm × 47.6cm／1946 年／水彩／中国美术馆藏

蒙古包的炊烟（新疆）
32.2cm × 47.5cm／1946 年／水彩／中国美术馆藏

水 磨（新疆）

32.2cm × 47.5cm/1946 年／水彩／中国美术馆藏

晒粮食（新疆）

32.2cm × 47.7cm/1946 年／水彩／中国美术馆藏

南疆著名乐师
31.6cm × 47.6cm/1946 年 / 水彩 / 中国美术馆藏

撕羊毛（新疆）
32.2cm × 47.6cm/1946 年 / 水彩 / 中国美术馆藏

铁匠（新疆）

32cm × 47.5cm/1946 年／水彩／中国美术馆藏

香妃墓

32.3cm × 47.8cm/1946 年／水彩／中国美术馆藏

香妃墓门（香妃墓旁的礼拜寺）
47.5cm × 32.3cm/1946 年 / 水彩 / 中国美术馆藏

考古发掘（新疆）
32.3cm × 47.8cm/1946 年／水彩／中国美术馆藏

迪化郊外看博格达峰
32.1cm × 47.6cm/1946 年／水彩／中国美术馆藏

迪化郊外名胜红山嘴

32.1cm × 47.6cm／1946年／水彩／中国美术馆藏

雨中天池（之一）
32.1cm × 47.5cm/1946 年／水彩／中国美术馆藏

雨中天池（之二）
32.2cm × 47.7cm/1946 年／水彩／中国美术馆藏

雾中天池
32.2cm × 47.8cm/1946 年 / 水彩 / 中国美术馆藏

静静的天池
32.1cm × 47.2cm/1946 年 / 水彩 / 中国美术馆藏

天池山影

32.1cm × 47.7cm/1946 年／水彩／中国美术馆藏

天池全景

28.6cm × 74.8cm/1947 年／水彩／中国美术馆藏

天池一角
31.6cm × 47.6cm/1947 年／水彩／中国美术馆藏

兰州黄河卖水者
37.7cm × 48.8cm/1947 年／水彩／中国美术馆藏

大海（法国）

28.5cm × 39cm／30 年代／水彩／家属藏

巴黎市郊外收麦子

30cm × 47cm ／30 年代／水彩／家属藏

收割水稻（四川）

47cm × 62cm/1943 年／水彩／家属藏

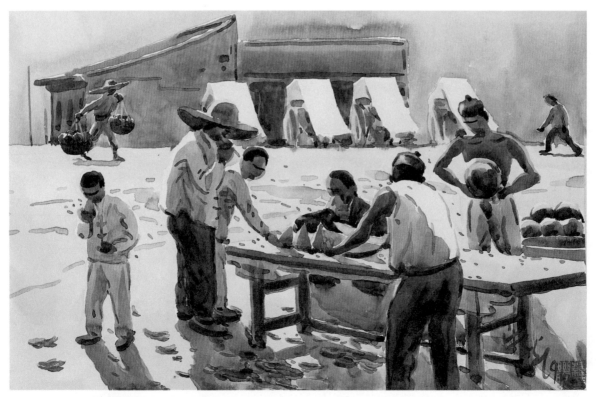

兰州的瓜市（黄河桥头）

32cm × 49cm/1945 年／水彩／家属藏

蒙古包（甘肃）

32cm × 50cm/1945 年 / 水彩 / 家属藏

嘉峪关

30cm × 40cm/1945 年 / 水彩 / 家属藏

酒泉城外菜市场
32cm × 48cm/1945 年／水彩／家属藏

宝鸡公路桥
36cm × 50cm/1945 年／水彩／家属藏

克孜尔全景

32cm × 48cm/1946 年 / 水彩 / 家属藏

殷切的款待（新疆）

32cm × 48cm /1946 年 / 水彩 / 家属藏

敦煌莫高窟

40cm × 30cm/1945 年／水彩／家属藏

敦煌莫高窟外景

47cm × 30cm / 1945 年 / 水彩 / 家属藏

房东老夫妇（新疆）
32cm × 48cm/1946年／水彩／家属藏

两个维族姑娘河边汲水
32cm × 48cm ／ 1946年／水彩／家属藏

清真寺（新疆）

33cm × 47cm/1946 年 / 水彩 / 家属藏

静静的天池（之一）

32cm × 47cm/1946 年 / 水彩 / 家属藏

静静的天池（之二）
32cm × 47cm/1946 年／水彩／家属藏

静静的天池（之三）
32cm × 47cm/1946 年／水彩／家属藏

静静的天池（之四）
32cm × 47cm/1946 年 / 水彩 / 家属藏

静静的天池（之五）
32cm × 47cm/1946 年 / 水彩 / 家属藏

静静的天池（之六）
32cm × 47cm／1946 年／水彩／家属藏

静静的天池（之七）
32cm × 47cm／1946 年／水彩／家属藏

草原上的生活（新疆）

32cm × 48cm/1946 年 / 水彩 / 家属藏

乌鲁木齐市郊外红山嘴

49cm × 32cm/1946 年 / 水彩 / 家属藏

钉马掌（新疆）

32cm × 48cm／1946 年／水彩／关山月美术馆藏

待雇的木匠（新疆）

47cm × 30cm/1946 年／水彩／家属藏

一对情人在古寺庙前（甘南藏族自治州）
54cm × 72cm/1945 年 / 油画 / 家属藏

庙会上的歌唱（甘南藏族自治州）
49cm × 63cm/1945 年 / 油画 / 家属藏

做酥油（甘南藏族自治州）
49cm × 63cm/1945 年／油画／家属藏

天山脚下歌舞
48cm × 63cm/1946 年／油画／家属藏

拉卜楞寺庙
49cm × 63cm／1945 年／油画／关山月美术馆藏

山洞泉水映外景（克孜尔）

73cm × 43cm/1946 年 / 油画 / 家属藏

新疆女子独舞

63cm × 48cm/1946 年 / 油画 / 家属藏

蒙古妇女（甘肃）
47.3cm × 32cm/1946 年／水彩／中国美术馆藏

学生像（甘肃）

47.3cm × 31.7cm／1945 年／水彩／家属藏

蒙古老人 (甘肃)

47.4cm × 32cm/1946 年 / 水彩 / 中国美术馆藏

回教阿訇图（新疆）

63cm × 48cm/1946 年／油画／中国美术馆藏

维族女校长

65cm × 50cm/1946 年／油画／中国美术馆藏

维族女像

65cm × 50cm/1946 年 / 油画 / 中国美术馆藏

维族学者
63cm × 48cm/1946 年 / 油画 / 中国美术馆藏

藏族女人胸像（甘南藏族自治州）

40.6cm × 37.8cm/1945年／素描淡彩／中国美术馆藏

藏族男人头像（甘南藏族自治州）
40.7cm × 37.7cm／1945 年／素描淡彩／中国美术馆藏

蒙古人坐像（甘肃）

40.7cm × 37.9cm／1945 年 / 素描淡彩 / 中国美术馆藏

蒙古人像（甘肃）

40.5cm × 37.8cm/1945 年／素描淡彩／中国美术馆藏

哈萨克女人像(甘肃)
40.6cm × 37.9cm/1945 年 / 素描淡彩 / 中国美术馆藏

哈萨克老人像（甘肃）

40.8cm × 37.9cm/1945 年／素描淡彩／中国美术馆藏

哈萨克女子像（甘肃）
40.6cm × 37.8cm/1945 年／素描淡彩／中国美术馆藏

戴小帽的哈萨克（甘肃）

40.7cm × 37.9cm／1945 年／素描淡彩／中国美术馆藏

戴皮帽的哈萨克人（甘肃）

40.7cm × 37.9cm／1945 年／素描淡彩／中国美术馆藏

拉纤夫之一（四川）

25cm × 35cm／1939 年／素描／家属藏

拉纤夫之二（四川）

25cm × 35cm／1939 年／素描／家属藏

拉纤夫之三（四川）
25cm × 35cm/1939年／素描／家属藏

拉纤夫之四（四川）
25cm × 35cm/1939年／素描／关山月美术馆藏

拉纤夫之五（四川）
25cm × 35cm/1939 年／素描／家属藏

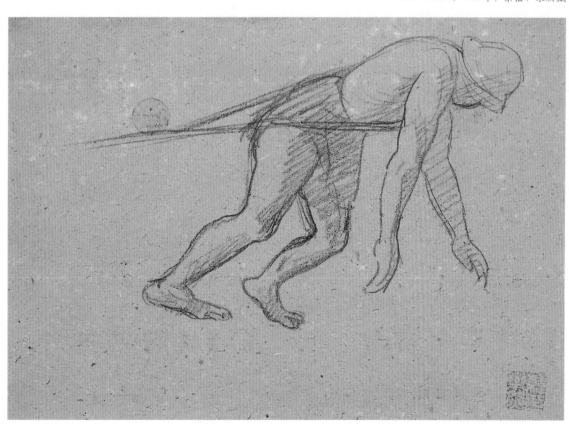

拉纤夫之六（四川）
27cm × 32cm/1939 年／素描／家属藏

撑船夫之一（四川）

25cm × 35cm/1939 年／素描／家属藏

撑船夫之二（四川）

38cm × 27cm/1939 年／素描／家属藏

三人骑马行（甘肃）

35cm × 35cm/1945 年／素描／家属藏

欢乐的跳舞者（天山脚下）

40cm × 40cm/1945 年／素描／家属藏

赛马前夕（甘肃）
35cm × 45cm/1945 年／素描／家属藏

赛马之一（甘肃）
40cm × 37cm/1945 年／素描／家属藏

赛马之二（甘肃）

35cm × 40cm／1945 年／素描／家属藏

赛马之三（甘肃）

37cm × 45cm／1945 年／素描／家属藏

看赛马（甘肃）
36cm × 38cm/1945 年／素描／家属藏

马会一景（甘肃）
35cm × 39cm/1945 年／素描／家属藏

三匹奔马（甘肃）

37cm × 38cm／1945 年／素描／家属藏

牵马老人（甘肃）

35cm × 38cm／1945 年／素描／家属藏

养马人（甘肃）

38cm × 35cm/1945 年／素描／家属藏

一马二人头像（甘肃）

35cm × 37cm/1945 年／素描／家属藏

四个学生头像（甘肃）

36cm × 30cm/1945 年／素描／家属藏

年轻人头像侧面（甘肃）

39cm × 31cm/1945 年／素描／家属藏

一群骑马人（甘肃）

40cm × 40cm／1945 年／素描／关山月美术馆藏

坐板凳休息（甘肃）

35cm × 30cm／1945 年／素描／家属藏

骑马勇士（甘肃）

40cm × 40cm/1945 年／素描／家属藏

一对骑马情人（甘素）

40cm × 40cm/1945 年／素描／家属藏

骑马观景（甘肃）

40cm × 40cm／1945 年／素描／家属藏

寺庙前练马（甘肃）

40cm × 40cm／1945 年／素描／家属藏

寺庙前赛马（甘肃）

40cm × 40cm／1945 年／素描／家属藏

五人骑马行（甘肃）

37cm × 38cm／1945 年／素描／家属藏

四个人头像（甘肃）

32cm × 42cm/1945 年／素描／家属藏

骑骆驼（甘肃）

40cm × 40cm/1945 年／素描／家属藏

两个人头像（甘肃）

42cm × 32cm/1945 年 / 素描 / 家属藏

其它类

自画像
尺寸不详／1935年／素描／家属藏

巴黎凯旋门前自画像

90cm × 60cm/1932 年 / 油画 / 家属藏

在西安国民党党部关押时自画像

36cm × 26cm /1940 年 / 水彩 / 家属藏

夫人刘玉霞画像（兰州）

40cm × 30cm/1946 年 / 油画 / 家属藏

红辣椒与向日葵之一（兰州）
90cm × 60cm/1945 年／油画／家属藏

红辣椒与向日葵之二（兰州）

39cm × 32cm /1945 年 / 油画 / 家属藏

韩乐然年表

在法国巴黎住的阁楼中作画

1947年 韩乐然夫妇和健立、健行乘坐羊皮筏子在黄河上渡河

1898 年

12 月 8 日出生于中国吉林省延吉县（现延吉市）龙井村朝鲜族贫苦农民家庭。曾用名韩光宇、韩允化、韩幸之、韩素功等。幼时酷爱画画。

1911 年

小学毕业后，因父亲早逝，为求生存先后在龙井电话局、龙井海关工作。下班后，仍坚持画画，画地图。

1919 年

在延边龙井为声援朝鲜反对日本帝国主义侵占并争取独立的"三一"运动，爆发了声势浩大的"三一三"运动。韩乐然连夜画了大量象征朝鲜民族独立的"太极旗"分发到各个学校。"三一三"运动遭到镇压后，他被迫离开家乡，奔赴苏联海参崴寻求革命真理。

1920 年

参加朝鲜民族独立活动。先后在电车公司和印刷厂工作。

1921 年

入刘海粟创办的上海美术专科学校（上海美专）西洋画系学习。与鲁少飞同窗，受王济远、吕征、洪野等名师教导。

1923 年

加入中国共产党，并参加韩国临时政府在上海的抗日活动。同年，在上海举办了第一次个人画展，并组织了青年画会。

1924 年

受中共中央派遣到沈阳筹建党的组织。在奉天基督教青年会干事阎宝航支持下举办了个人画展。1 月 25 日韩国《东亚日报》以"艺术界的二秀才"为题刊登了韩乐然以优异成绩毕业于上海美专的消息。在沈阳小南门创办了沈阳第一所美术学校"奉天美术专科学校"，任校长，聘请陆一勺、许露白、鲁少飞、沈在溶、王平陵、钱鼎、欧阳予倩等为教员。在沈阳联络老同盟会员、国民党员、留美留日的学生等组织"启明学社"，创办《启明旬刊》展开反帝斗争。将《向导》、《中国青年》及马克思主义书籍带到奉天，在进步青年中传阅，为建立党组织作思想准备。

1925 年

2月至5月受中共党组织委派到苏联学习。回国后，正逢五卅惨案爆发，韩乐然和其他共产党员一起组织奉天各界学生声援上海各界人士反对日本帝国主义的爱国运动，举行了奉天历史上第一次大规模的游行示威活动。下半年党组织委派赴哈尔滨，在第一、第三中学（普育中学）教授美术，与中共党员吴丽石、楚图南等一起秘密在工人和知识分子中开展革命宣传工作。

1926 年

4月中共北满地方委员会成立，韩乐然作为代表出席大会，会后到手工业工人和铁路工人中开展工作。

1927 年

为中共满洲地委春节活动设计贺卡，正面为"恭贺新禧"，背面为中共纲领和反帝反封建口号。为中共满洲地委出版的《北满工人》等刊物画插图。与楚图南一起在学生中成立读书会和新文学社团，办贫民学校。参加楚图南办的"灿星社"，为《灿星》刊物设计封面。

1928 年

韩乐然的住处兼画室——哈尔滨普育中学（三中）的地下室曾是中共党组织的重要活动场所。中共六大在莫斯科召开后，六大代表途经哈尔滨，时任云南省委书记王得山和在全国总工会工作的罗章龙在这里传达六大会议精神。创作大幅风景画立在三中学校正面大厅，气势雄伟，峻岭云横，松柏挺直，云雾缭绕，吸引许多观客，1932年日本占领哈尔滨后不知所终。

在巴黎卢森堡公园中作画

1937年10中29日乘法轮"哲利坡"号离马赛回国。11月26日抵达香港。1937年11月26日留德、法学生与杨虎城将军在回国船上合影

1929 年

到齐齐哈尔从事革命工作。和孙乐天合开"乐天照相馆",该馆成为中共为苏联远东红旗军司令部提供军事情报的秘密据点,为抗日战争、反击日本帝国主义作出了杰出贡献。被聘为市政局工程科员兼龙沙公园监理。任职期间为龙沙公园设计了各种造型的花草图案和一座欧式亭"格言亭",同时还为新型大百货商场"洪昌盛"设计橱窗广告,在当地引起了轰动。同年底赴法国勤工俭学,不久在里昂中国饭店举办了个人画展。

1931 年

考入巴黎卢佛尔艺术学院。在这里,他受到法国"新印象派"的影响,并举行了个人画展,为师友所称赞。同年参加"旅欧反帝大同盟"。

1932 年

在巴黎参与发起成立"中国留法艺术学会",参加者有刘开渠、曾竹韶、王临乙、唐一禾、常书鸿、王子云等人,他们通过在国内文艺刊物《艺风》发表文章和美术作品的方式向国内读者介绍西方美术。

1934 年

与徐寿轩等6人发表《中国东北四省留法同学宣言》,反对日本帝国主义侵略我东北四省。在留欧期间参加了法国共产党和第三国际的活动,曾在巴黎晚报担任摄影记者。辗转于法国、荷兰、瑞士、比利时、捷克、波兰、英国、意大利、苏联、西班牙等国旅行写生,在荷兰等地举办画展。曾有人误认他为日本人,他非常气愤,在标牌上郑重写上"中国画家韩乐然"。30年代,戏剧家熊式一到法国排演《王宝钏》,韩乐然担任舞美设计,取得了非常好的效果。

1937 年

参加"全欧华侨抗日救国联合会",在该会第二次大会上,作为旅法代表被选为候补执行委员,负责侨务部工作。同年,该会发起组织"赴西班牙参观团",他作为记者随行,到马德里参加群众集会,声援西班牙人民的反法西斯斗争。10月末受该会委派参与护送抗日将领杨虎城将军乘船回国。回国后,在"东北抗日救亡总会"工作,任党组成员,负责抗日宣传等工作。为中共东北特委创办的《反攻》半月刊画封面画,为抗日宣传队画宣传画,创作巨幅画《不愿做奴隶的人民,起来消灭日本帝国主义》,悬挂在汉口海关大楼上,创作巨幅油画《全民抗战》,悬挂在武汉黄鹤楼上。

1938 年

拍摄大量中国人民抗日战争的照片发往欧美,进行国际宣传。协助国际友人史沫特莱筹办战地医护人员训练班,筹款置药支援新四军、八路军。11月,周恩来、郭沫若领导的国民革命军政治部第三厅组织画家、艺术家访问延安,他是访问团成员之一,在延安女子大学作了《关于抗日战争时期民族艺术文化》的讲演。

1939 年

由共产党派到国民党战地党政委员会任少将指导员,往来于抗日前线和国共两党合作抗日的地区进行抗日宣传和统一战线的工作,作多篇报道,并秘密赴延安及山西省太行山八路军总部。同年与从事抗日宣传活动的刘玉霞结婚。在四川重庆举办个人画展。

1928年韩乐然与前妻、大女儿韩仁淑

1939年韩乐然与夫人刘玉霞在重庆阎宝航家

健立一岁两个月,健行一个半月,1945年7月摄于兰州

1940 年

被国民党特务机关秘密逮捕，先关押在西安国民党省党部。在此，他坚持要求画画，现留存当时身穿国民党将军服，但无领章和帽徽的自画像一幅。

1941 年

转押西安太阳庙门"特种拘留所"监狱。在狱中，严守党的机密，并进行合法斗争。

1943 年

被党组织营救出狱。出狱后在西安举办个人画展。结识青年黄胄（后来成为中国著名画家），在黄胄的陪伴下，由宝鸡到华山再到八百里秦川旅行写生，途中教授黄胄绘画知识，并对黄胄的人生观产生了积极的影响。

1944 年

受党组织委派偕夫人、女儿由重庆赴兰州到西北为和平解放大西北做高层统战工作。他结交许多国民党高级将领，其中包括张治中、陶峙岳、赵寿山、邓宝珊等，后来他们都真诚地与我党合作，为新中国成立作出了贡献。12月在兰州西北大厦举办个人画展。

1945 年

春节后，与潘洁兹一起赴青海、西宁写生，临摹塔尔寺壁画并观摩唐卡。后又赴敦煌千佛洞、河西走廊、山丹、拉卜楞等地，用油画和水彩画描绘边疆少数民族生活，摹绘洞窟壁画。同年，在兰州西北大厦再度举办个人画展。

1946 年

1月由《艺术生活》旬刊社在省立图书馆举办韩乐然、鲁少飞、潘洁兹、常书鸿、赵望云等人画展。3月从兰州出发历经西宁、永登、武威县等地旅行写生，撰写《走向成功之路——为常书鸿先生画展而作》。4月，新疆国民党省党部宣传处举行茶话会组织新疆艺术工作者与韩乐然会面交流。在迪化（乌鲁木齐）商业银行大楼举办个人画展。在迪化市女子师范学术讲演会上作《关于图画》的演讲。撰写《看了陆其清先生画展之后》一文。赴高昌、车狮、克孜尔等

韩乐然四十年代在西北考察中

1946 年在路易·艾黎办的山丹培黎学校

考察克孜尔千佛洞时住过的房子——叶茂宇摄

1959年毛主席签字的烈士光荣纪念证

1983年文化大革命后统一换新的革命烈士证明书

1988年展览介绍

1993年延边展

民委主任黄冠学、东北局书记顾作新、韩的老战友姜克夫与健行、健立在1988中国美术馆

地考古写生，撰写《新疆文化宝库之新发现——古高昌龟兹艺术探古记（一）（二）》等文章，在库车和迪化两地分别举办了个人展览，其中在迪化除展出绘画外，还展出了考古所得文物。7月，受国民党监察院院长于右任接见，向他了解南疆情况。后陪同于右任到南疆考察20余天，将途中遇到的两孤儿送到国际友人路易·艾黎主办的山丹培黎学校。10月赴敦煌，和敦煌艺术研究院院长常书鸿一起临摹壁画，作了《克孜尔千佛洞壁画特点和挖掘经过》的讲演。这年创作大量作品，11月回兰州，在兰州子城物产馆举行个人画展。

1947年

2月参加西北行辕举办的兰州市文化人联谊会，在会上作了《新疆克孜尔壁画及敦煌壁画之关系》的报告。2月底偕助手再赴新疆考古。特别是对克孜尔石窟进行了深入的研究，成为第一个研究克孜尔石窟的中国画家。7月，再次举办个人画展。7月30日，在乘坐国民党军用飞机由迪化飞往兰州的途中不幸遇难。10月30日，由西北文化建设协会、天山兰州分会、西北美术协会发起的"名画家韩乐然先生追悼会和画展"在兰州物产馆举行，各报刊均发纪念特刊。11月9日，在迪化文化会堂再次举办韩乐然追悼会，报刊再掀纪念高潮。

1950年

新中国成立后在北京举办的第一次国庆画展中包括韩乐然作品33幅。

1953年

韩乐然夫人刘玉霞将韩乐然135幅油画、水彩画作品无偿捐赠给国家，存放于故宫。

1956年

民政部追认韩乐然为革命烈士，并颁发了由毛泽东主席签发的证书。

1959年

存放于故宫的作品转藏于新落成的中共历史博物馆。

1963年

135幅作品再由中国历史博物馆转藏于新建的中国美术馆永久收藏。

1988年

由国家民委文化宣传司、延边朝鲜自治州人民政府、民族文化官

1998 年在中国革命博物馆画展开幕式剪彩，剪彩嘉宾：民委主任李德洙、政协副主席赵南起、中华慈善总会会长阎明复、中国美术馆馆长杨力舟

联合举办"韩乐然遗作展"，同时举办韩乐然诞辰 90 周年大型座谈会。

1990 年

延边朝鲜自治州举办"韩乐然遗作展"。

1993 年

为庆祝中韩建交一周年，由乐喜金星公司(后改为 LG 公司)和 KBS 文化事业集团在韩国汉城共同举办"朝鲜族艺术魂·天才画家韩乐然遗作展"。

1993 年

中国美术馆举办"韩乐然遗作展"。

1998 年

为纪念韩乐然烈士诞辰 100 周年，国家民委举办了《缅怀韩乐然》一书的首发式和座谈会，并在中国革命博物馆举办"革命家、艺术家韩乐然诞辰 100 周年画展"。

2005 年

在韩国光复 60 周年之际，为表彰韩乐然为韩国独立运动作出的贡献，韩国总统卢武铉授予韩乐然大总统表彰（2006 年颁发了奖章和证书）。在韩国首尔由韩国国立美术馆和中国美术馆联合举办"民族魂·艺术情——中国朝鲜族画家韩乐然艺术展"。深圳关山月美术馆举办"石破天惊——敦煌的发现与 20 世纪中国美术史观和美术语言的发展专题展"，展出了关山月、张大千、常书鸿、韩乐然 4 人的作品。

1993 年韩国展广告

韩国展开幕式

中国驻韩大使及韩国文化体育事业部部长等看画

图书在版编目（CIP）数据

热血丹心铸画魂：韩乐然绘画艺术展／中国美术馆，
关山月美术馆编．—南宁：广西美术出版社，2007.4
（20世纪中国美术研究丛书）
ISBN 978-7-80746-189-0

I.热… II.①中…②关… III.绘画—作品综合集—中
国—现代 IV.J221.8

中国版本图书馆CIP数据核字（2007）第035319号

热血丹心铸画魂
——韩乐然绘画艺术展

PAINTS WITH PASSION AND PATRIOTISM

Art show of Han Leran's Paintings

主　　编：范迪安　王小明
副 主 编：马书林　陈湘波
编　　委：范迪安　王小明　马书林　陈湘波　韩健行　韩健立
　　　　　康冀民　刘曦林　李光军　徐　章　裴建国　王晓梅
　　　　　黄治成　文祯非　陈俊宇　鲁　珊
策划编辑：姚震西
责任编辑：林增雄
责任校对：黄雪婷　欧阳耀地　林柳源
审　　读：林柳源
特约编辑：薛　扬
美术编辑：鲁　珊
出　　版：广西美术出版社
发　　行：广西美术出版社
电　　话：0771-5701356
社　　址：广西南宁市望园路9号（530022）
经　　销：全国新华书店
印　　制：深圳市凸高科印刷技术开发有限公司
开　　本：889mm×1194mm　1/16
印　　张：15
版　　次：2007年4月第1版
印　　次：2007年4月第1次
书　　号：ISBN 978-7-80746-189-0/J·741
定　　价：180.00元